JN055590

心体のひびき

~外から見えない障がいを受容し生きる~

澤井繁男

はじめに

障がいには、車椅子使用者といった外的障がいと、内部障がい（内的基礎疾患）の二つに大きくわかれるが、本書では後者の人物の〈社会復帰〉を取り挙げている。外からはみえない障がいで、自己宣告しなければ、ほとんどの人は気がつかない。

現在、「障害」の文字を用いることは稀で、「障がい」として、「害」の字を仮名にしている。「害」の字の意味からして当然かと思われる。

私の場合は内部疾患者で、人工透析を受けているが、「透析やけ」という、透析者に特有な肌が黒茶に変色していない。少しは黒っぽくなっているが、この程度の濃度では判らない。さらに透析が順調なので、とても元気である。

バスなどでは付き添いの人がいれば、その人も私と同じく、障がい者手帳を提示すると無料になるのだが、みるからに私のほうが元気なので、いずれが障がい者か判断がつきにくく、こちらが恐縮してしまう。障がい者と病人の違いは、前者が「障がいを除いた部分」を活かして〈社会復帰〉をすることである。後者は社会的責任を逃れて、ベッドでの生活が許される。この二つをきちんと見分けなくてはならない。

実際、透析導入（人によるが、週三回、一回最低四時間）を当初拒む人も、いざ透析を受けると「健康」を取り戻し、医師の指示にしたがって生活すれば、「日常」生活に復帰できる。本書の主人公は「私」だが、この種の本では体験者にしか書けない微細な点があるので、主人公は「私」しかあり得ない。ドキュメントでも取材記事でもない、私の「実感記録」である。

第Ⅰ章は、透析に至った原因（キューブラーロスの「死の受容の五段階」のうち、のっけから最後の「受容と諦観」であったこと）と、移植手術への流れを日常生活に則して書いてみる。

第Ⅱ章は、私なりの社会活動やイタリアへの旅、悔しかった移植腎の死に言及する。第Ⅲ章は、今日へとつながる「死生観」と「身体観」、それに「人工血管」へとつづく生命保持を描き、最後に医療体制の根幹たる「接遇」について所見を述べる。

執筆の上での私の立ち位置は、「健常者でなく障がい者であるが健康で病人ではない」、ということで、健常者にも障がい者にも、健康な人と病気の人がいる、という区分けをしている。そして最も重要なことは、障がいを受容（受苦）して我がものとして認識することである。

目次

第Ⅰ章　透析から移植へ

1　即日透析

健康診断

私は一九八一年、二七歳一〇ヶ月のときに、とつぜん人工透析の治療に有無を言う暇《いとま》もなく入った。発見のきっかけは、後で考えるとこれも運と言えるかもしれない。一一月の末に大学院の指導教授から夜電話をいただいて、中国地方のさる短大で英語の教員の公募をしているのだが、応募してみる気はないかね、という内容だった。当時、私の上には大学でのポストを探している先輩が二、三名いたので彼らのことを問うてみると、みな断ったと言う。誰もが専門のイタリア語を活かせる就職口を求めていたのだ。私は大学受験予備校で英語の非常勤講師を担当していたので、英語教員募集に違和感がなかった。むしろ、イタリア語より英語のほうが得手だと思い、みなからもそうみられていた。教授に承諾の返答をするとその翌々日、応募書類が届いた。そのなかに、近隣の保健所ないし医療機関で健康診断を受けることが応募条件として挙がっていた。書類も添付されていて、下宿の近所の保健所にさっそく出向いた。

午前中なのに、いや午前中に検査を済ませる算段なのか、さまざまな服装のひとたちが各検査所で長い列を作っていた。私の場合、血圧だけでよく、他の身長や体重、それに視力などはとうからわかっていたので、わりとスムーズに測定が進んでいる血圧測定の列の最後尾に並んだ。順番はすぐにやって来た。右腕に布を巻かれて、シュッシュッと空気を医師が送り込んで来る。最高度まで達すると、にわかに抜けていった。すると、上が二二〇、下が一三五。高すぎますね。もういちど、やってみましょう。……血圧には自信があるんですけど、と遠い昔、中学生のときの健康診断を思い起こしていた。医師は同じ動作を、一回目よりいっそう慎重に繰り返した。また布から空気がすっと抜けた。水銀の値に目をやっている。同じですね。いったいどうしました？　何かありましたか。ご気分はどうです？　これと言ってべつに。異常ですね。

これはまずい。病院で診てもらってください。それも急いで。真剣な声だ。私の方がびっくりし、その声に押されてすっくと立ち上がり、一礼して踵を返した。

体調悪化

この日から徐々に体調が崩れ出した。頻尿（それも多量尿）、食欲不振、下痢、嘔吐、気持ちの悪いあくび、それを聞いている自分の耳。極めつけに痛いこむら返り、等々。故郷札幌市の友人の内科医に電話をして、おおまかな経緯と状態を説明すると、水分を控えること、電話帳で「循環器専門」と銘打っている医院を受診すること、と助言してくれた。

すぐに電話帳をめくって「循環器科」をみつけ、明日受診することにした。下宿は左京区一乗寺、その医院は四条河原町上ル。自転車で行こう。そのこと自体、無茶だという認識はなかった。それが一二月三日。ご高齢の方で一杯のその循環器専門の内科医院で採血され、一週間後にまた来なさいという。医院《クリニック》では検査が不可能で専門の業者に依頼するわけだ。一週間後の一二月一〇日、その老医師は眉間に皺を寄せながら、ここまで放っておいて、ひどいですな。国立大学病院を紹介しますからこれからお行きなさい。すぐに紹介状、書きます。何のことを言われているのかわからず、紹介状を手にさっそく向かった。

即日透析

ここから事態は急転する。大学病院でまず呆れられ、次にあれこれ注意されたあと、下宿に近い、岩倉のR病院を紹介された。到着し、種々の検査後、医師がこれは急がねばと言って、動脈への直接穿刺による即日透析の身となった。この間、クリニックから大学病院、そこから透析専門病院への移動はみな、先輩のAさん運転の車による。数日前から私はAさんのマンションに世話になっていた。なによりも健康第一とする彼ならではのご配慮による。ありがたいことだ。先輩たちが応募を断ってくれたおかげで助かった命だとつくづく思った。救《たす》かるから言いますけど、あと二ヶ月の命です、と透析という医療を教えてくれた大学病院の医師がいみじくも述べたものだ。

二ヶ月といったら、一月一三日生まれの私は二八歳になったばかりだ。早すぎる死を迎えるところだった。当該短大には正直に書類を送ったところ、当地でも透析施設があるからと採用通知が届いて驚いたが、京都でしばらく療養したいと返答してお断りをした。その後、五〇歳になるまで大学の専任職とは縁がない日々を送るハメになるとは思ってもいなかった。

「定命」

二つの腎機能がもう働いていなくて、ほぼ尿毒症末期に相当する慢性腎不全の状態にあった。「透析」など、漢字も名前も不分明のまま、初回に三時間の治療を受けて、命をとりとめた。目下、一九五四年生まれの私は、二〇二三年で満六九歳になる。でも、当初は余命一〇年と言われたこの医療を受けて、はや四〇余年の歳月が流れた。あっという間であり、これからも、もし日本の男性の平均寿命まで生きたとして、二〇余年もこの生活をつづけることになる。若い頃も今もべつだん透析を辛いと思ったことはない。こうした話を健常者にすると不思議そうな顔をする。透析なしでは生きられないが、反面、早く死にたいとも思わない。だからどうしたら寿命でなく自分の「定命」を迎えることができるのか、日々、いろいろ考えては想を練っている。たとえば、心筋梗塞に襲われたとき救急車を呼ばずに、五分以上、痛いけれど我慢していれば死に至るらしい。こういう手もあるのよ、と話を聴かせてくれた元ナースの妻に感謝している。そういう心境になってしまった。

2〈社会復帰〉

「不幸な人生」

この約四〇余年間、いろいろな出来事があった。ある病院の内科部長は、病歴をコンピューターに打ち込みながら、「不幸な人生ですねぇ」と。移植を受けた病院では「植えた臓器を取り出してやろうか」と薬の副作用で鬱屈している私に向かって、安直なことを、でも本心から、口走った若い劣悪な研修医もいた。正直な気持が、人の心に傷を負わせる嫌味な言葉となって出たに違いない。私はもちろん憤り、謝罪を要求した。しかし、政治家と同じくらい謝らない職種のひとつである医師は、ただ頭を下げるばかりだった。その後、さまざまな医師との交流を重ねて来たが、多くの医師たちに欠けているのは、国語力の欠落のせいでの抽象能力のなさだ。単科の医大病院や私学の医学部の入試では国語が指定されていない。あるとき透析病院で発行している『病棟通信』の挨拶文に、新任の病院長が、〇〇病院から「転属」して来た某です、とあったが、転属とは部署をかわることで、医療面では医局からの場合用いられるが、この人はさるれっきとした病院からだった。日本では軍隊用語として常用されてもいる。ここは「転任、着任、赴任」がよい。病院長でこの程度だから、他は推して知るべしだ。ところで初回の透析中、透析担当医は透析を受けている私の枕許で、透析は社会復帰の一環ですので、通院透析となるまえにきちんと自覚を持ってください、と穏やかな口調で言った。私は病人を脱して社会復帰を見事にかなえてやろう、と気持ちを新たにした。

自覚症状なし

ひとつの病気や障害に至る経緯は人それぞれであろう。私の場合、幸か不幸か腎臓病という状態を経ずに血液人工透析を受ける障がい者の身となった。いや、もっと正確に言えば、れっきとした腎臓病患者なのに、自覚症状が出なかったがため私自身気がつかなかったと言ってよいであろう。中学生のとき尿にタンパクが下りて要注意を言いわたされ、高校生になって検査の入退院を繰り返していたので、健康には充分心を配らなくてはならないと察知しているべきなのに、生まれ育った札幌の地を離れ、一人前に青雲の志を胸に上洛してからは、脳天気に身体の状態などどこ吹く風の勢いで、予備校・大学生時代と過ごした。

若い、ということ、京都という古都に暮らしている、ということに私は酔い、世界は自分を中心に廻っていると当然のごとく思い、しかし他人には決してそれを口に出さずに謙虚を装いながら勇躍と闊歩していた。大学での健康診断で、わざわざ保健学の先生から電話までいただき、さる有名私立大学附属病院を紹介しましょうとまで言って下さったのに、ただ面倒だからと自分勝手に判断して出向かなかった。

何が私をそのように頑《かたく》なな人間に仕立て上げたのか。性格的にいじけていたり、健康に留意しなかったりしたわけではない。人一倍、自分は身体が弱いとみなして規則正しい生活を心掛けていた。しかし、矛盾する表現のようだが、私は自分の身体の健康に鈍感だったのだと思う。具体的にどういうことかと言えば、身体をきちんと養わなかった、ということだ。つまり食生活への配慮の無さである。身体を毀《こわ》して、あるいは健康を損ねて、はじめて人は健康な身体のありがたみが判る、とよく言われる。私ももちろんそのうちのひとりだが、私はさらに、その健康な身体が食べ物によって成り立っていることを思い知らされた。

実に当然のことなのだが、食べ物が身体、いや肉体を作り上げていく事実に気づかされたのである。食べる物の栄養の良し悪しが健康に結びつく、ということである。規律のある生活をいくらしていても、滋養のあるものを食べなければ、内側から肉体は綻びていく。

人間としての基本

三食きちんと食べても、実《じつ》のあるものでなければならない。私はたぶん三食とも栄養価の高いもの、という理想を掲げていただけだったと思う。これは理想として奉《たてまつ》っておいてはならず、実行すべきものだったのである。大学時代、憧れの自炊生活に入った私だが、いま思えばまともなものを食べていなかった。当時、新婚の友人夫婦に食生活をありのまま語ったところ、はじめは大笑いしていたが、いつしか真顔になって、それだと早晩必ず病気になる、と特に新妻の方が語気を強めて注意を促した。朝ご飯を炊いて、一膳だけど、ふりかけで食べている。味噌汁は作らない。昼はいろいろだけど、麺類が多いかな。日本そばが好きだよ。夜は、これもまちまちだけど、自分で作るときは、カレーライス一品のときや、インスタント・ラーメンに納豆ご飯、あとスパゲティーのミートソースってところかな。外食したときは、揚げ物の定食類がほとんど。これで結構、お腹は一杯になるもんだよ、と。

このようなことを喋《しゃべ》る私に、友人の妻は、満腹だけじゃだめだとして、デンプン、タンパク質、脂肪、それにビタミンの話を持ち出してきた。なかばうんざりしながらも耳を傾けていた私は、どういうわけか、バナナが完全食品であることと、一日最低三〇品目、一週間ではダブってもいいから百品目食べるべきであること、この二点が記憶に残った。一日、三〇品目なんて、土台むりだよ。そこら辺、適当にできないのかな、とぼやく私に、夫の方は、おまえも早く結婚すればいい、と薦めたが、これには妻の方が少しむっとして、女の人がいなくても、人間として食べることは生活の基本よ。自分でしなくちゃ。

彼女の言葉は毅然として響いた。人間として、には説得力があった。しかし結局私は彼女の忠告を聞き流していたのだろう。食生活は一向に改善されなかった。もっぱら空腹でさえなければいいと自分に言い聞かせていた。そういう私だったが、なるほどおなかが量的に一杯のときはあっても、食べ終えて真に満たされたことはなかったのではないだろうか。

3 もの言わぬ臓器

身心の団欒《だんらん》

ある日の夕方、料理自慢の友人が下宿に遊びに来た。夕食時となり彼が腕をふるうことになった。特製のカレーをこしらえようと、手筈を整えた。野菜を炒め、それを鍋に移し水を加えて煮ているときのことだ。たぎる油の上澄みの部分に灰汁《あく》が浮いて、溜まりはじめた。友人はそれを見て、この灰汁は、中の野菜の息なんだ。野菜も息をして、生きているんだ、と、芋や人参や玉ねぎをいとおしむように目を細めた。全身に戦慄が走った。目から鱗が落ちる、とはまさにこのことだ。友人は野菜ひとつひとつの息を大切に考えながら調理に臨み、その生命を食する私たちがその力を受け継いで生きていける恵みを実感しているのである。

出来上がったカレーライスは極上の味であった。心構えが異なるとこうも違うのか。生き(息)ている食材の生命を活かしてそれを食べて私たち自身も生き延びていく。そこには調理する愉しみや味の深みもあって、料理して食べることが身心の団欒になる。これを忘れてしまっては、生きるためだけの食事となって、身心ともの健康には結びつかないのであろう。友人の言葉にはっとさせられた私だが、思いはそこに至っても、実現にまでこぎ着けず、片寄った食生活がつづいた。やがてそのツケが、二七歳のときに全部廻ってくることになるのである。

間質性腎炎

昭和五〇年代の医学では私の腎不全にいたる経緯はわからなかった。特に腎臓が「もの言わぬ臓器」とみなされていたので、いつ病が宿って二つの腎臓を、初めは右腎からその次に左腎、といった具合にか、あるいは両方一緒に少しずつ冒されていったのか。高校一年のとき腎生検を受けたが、これも当時の医学の水準のためか、明確な病名はつかず、ただ「間質性腎炎(腎臓内の糸球体間等の主構成要素の間を埋める組織に炎症が起こるもの)」と診断された。腎盂炎とかネフローゼとかいった誰もが知っている病名ではなく、医師からは「間質」の何たるかの説明もなかった。素人考えでは、腎臓という臓器内を埋めている組織、つまりその「間」を「埋める」ものが悪いのだ。それ以外、思いつかなかった。

でも、いつのころから、という疑問は残った。それで内部からでなく外部から細菌が侵入して腎臓をやっつけた、という考えに至った。それを裏づける体験をしていたからだ。

子供頃の記憶でははっきりしない部分もあるが、入院を経験していて、なぜか私は二段ベッドの上段に病臥しているのだった。発熱が毎日のようにつづいていて、私は札幌市郊外の小児専門の病院に通った。三階建ての大きな病院で、やみつきになった発熱のせいで、頻回の通院に母が疲弊したらしく、ついに担当医に何とかしてほしいと頼み込んだようだ。医師は当時の医療水準に照らし合わせて、舌のつけ根の両側にある扁桃腺除去手術を提案した。現行の医療ではそれは行わないことに決まっている。なぜなら舌の奥にあるこの扁桃腺こそ、体内に忍び込むウイルスや細菌の防波堤になっているからだ。菌の侵入を防ごうとして扁桃腺が活躍して腫れあがり発熱を導く。だから除去すれば熱は出ない、という短絡的な発想だ。しかしこれで細菌の出入りは自由となり、いずれかの内臓に取りついて冒していく怖れもある。私の場合、扁桃腺と一緒に鼻の奥にあるアデノイドも取りますよ、いいですね、と医学的知識が皆無に等しい母に医師が話し掛けている、そのときの声が耳にのこっている。

アデノイドの役目は少年期だけだが、これも細菌等の侵攻を予防する。今思えばずいぶんと無茶なことに母が同意したものだ、医療の進歩は日進月歩と言われるが、それに武運つたなく乗り遅れた私だ。術後、熱は出なくなったが、喉がやられると風邪の前兆で炎症になり痛む。昨今の開業医は、過日と違って薬尊重の姿勢だが、私はお尻に抗生剤の注射をおねがいする。二時間ほどすると、腫れあがった個所に膜が下りて来て、嘘のように痛みが取れていく。生き返った心持になる。

手術の際、おそらく麻酔が途中で切れたのだと思う。懸命に痛みに耐える、椅子に腰かけている術中の幼年の自分を天井からみている自分がいる。局所麻酔の怖さを感じた。額が汗みずくだ。複数の医師たちが私を取り巻いていた。口腔内での手術だから、思いが言葉にならない。我慢の一手だった。そして、なぜか二段ベッドの上段を寝床にしていて、二週間ほどで退院した。「防波堤」を失った私の身体は、「悪」の巣窟となっていったのであろう。

4　入退院の幼少年期

平等と不平等

人間誰しもみな平等である、と思っている人などあるまい。教育やその他の政治的権利では法的に機会均等だが、背丈や顔形《かおかたち》、能力や経済力などの点では不平等があたりまえで、かえってそれゆえに個性的とも言えよう。身体の健康の面でも同じである。そしてこの不平等が一番辛い。精神や心の方は、きわめて不謹慎な言い方だが、異常があっても本人がそうだと気づき得ないので、その分気楽で周囲の者こそ気が気でないであろう。私は幸いにして精神の方は人並であったが、身体は虚弱であったようだ。だからなおさら食生活への配慮が不可欠だった。風邪を引きやすい体質だった。しかし頑張り屋の性格だったから無理をしてしまう。この無理には、オレは元気なんだ、こんなに頑張っているんだ、といったいっぱしの自己顕示欲も絡まりついている。いまでも人からは温厚だと言われるが、私は向こう意気が強く性急で感情の起伏が激しい人間である。

小児ストロフルス

ことほどさように、運命の女神の微笑をまともに受け容れて、破滅の道を突っ走ったのであろう。幼稚園の三年間、小学校の六年間、この都合九年間には絶えず病院独特のにおいが纏《まつ》わりついている。入退院、通院が日常茶飯事のように繰り返された。風邪、腹痛、中耳炎、歯痛と子供のかかる病気はひととおり体験した。その中で印象に残っているのは、小児ストロフルスという発疹であり、小学校を卒《お》えるまで出つづけた。赤みのある出来物でかゆい。眠りながらでも手は動いて掻きはじめていて、とうとう耐え切れなくなって目を覚ます。するとほぼ全身に発疹が出ている。これはかなり気持が悪い。母とすぐ病院に直行するのだが、かゆみ止めの軟膏の処方と注射をされて帰されるだけだ。原因は不明だと言う。子供特有の発疹らしい。しかし私はあるとき原因を突き止めた。自分なりに実験を繰り返した結果だ。

便を我慢すると次の朝には出るのである。便の代わりということになる。小学校にいるときに便意を催しても、学校のトイレで用を足せない私だった。乱暴者が扉をよじのぼって、腰を下ろしている私を真上から覗き込んでからかうのではないか。それで便意をぐっとこらえるわけだが、その時点でおよそ一週間に亘るかゆみとの闘いを覚悟しなくてはならなかった。

おそらく腎臓の方もこれと似て、私の方からの無理や作為によって悪化させていった向きがあろう。原因は扁桃腺除去手術のほか、いまもって判らないままだが、先天的なものとして背骨の彎曲が挙げられるかもしれない。首の下のあたりの骨がひとつだけぽこんと右にずれていて、それとバランスをとるために腰の部分の背骨が左に片寄っていた。この腰の方の骨が腎臓を圧迫しているのではなかったか。

腎疾患が発見される以前、整体治療に通った。整体師が飛び出ている骨を両手で力いっぱい押して正しい位置にもどすマッサージを週に一回は受けていた。

タンパク尿

整体の治療室はおじさんおばさんで占められており、たったひとり少年の私がいた。背骨の並びが歪《いびつ》なことは気持を苛立たせることが多く、いっそ竹刀《しない》が一本背中に差し込まれたら、どんなに気分のよいことだろうと願ったくらいだ。この彎曲と腎疾患との因果関係はあくまで素人の推測の域を出ないが、原因が不明だと判明するまで人間はとにかく考え、そのためには何でもやってみたくなるようだ。そこには科学・非科学の区別はなく、みな自分なりの得心を求めつづけていく。それは治癒処置でも同じである。原因不明のまま尿にタンパクが下りつづけるのだから、要はタンパクが下りなければいいとしぜんに考えが進み、漢方薬を煎じて服《の》んだこともある。拘杞《くこ》だったと思うが、夕食後お茶代わりに服用した。

気分が悪くなくてすっきりしているのは自覚症状がないからであったろう。これで頭痛とか腹痛でも伴えば、痛みの解消に全力を傾けるなり手術を受けるなりの策もあったであろう。しかしどうみても元気に学校にも通っている事実から、私本人でさえきちんとみずからの健康状態を見据えられなかった。

ひとつの疾患のために、それを負った私という人間は、科学的治療をはじめとして漢方薬、と次々と試していくわけだが、すべてうまくいかないと悟ったとき、その疾患をみずからに引き受けようと覚悟した。

治療と治癒

平たく言えば一病息災だが、そういう私はもう「治療」ではなく、自分のこの身体を基点に何事にも立ち向かおうと決意していた。自分が自分で自身の身体を癒《いや》していくことに等しい。ごまかすのではなく、「治癒」していこうというのである。「治療」とは治療する側（医者）とされる側（患者）の二者間の交流・交感だろう。それに対して治癒はあくまで自分の身体を軸として自分が発信者となって身体をみつめていくことを意味している。血液人工透析はもちろん治療の一環であるに違いないが、それを受けつつも私はそれとはべつな地点で身体について考える。治療されつつも治癒に重点をおこうとしている私が他所《よそ》にいて、つねに問いかけの信号を発していた。私は仏教用語を拝借して「他力の中の自力」と名づけた。

5　透析の原理

血液人工透析

血液人工透析というのは、原理あるいは発想はきわめて単純である。

汚れたものを洗ってきれいにする。それに、膨張したものを収縮させる。この二つの作業を同時に人工腎臓《ダイアライザー》が行なうのである。汚れたものも膨張したものも、みな血液の中にある。本来ならば生身の腎臓が処理するのだが、それが不全となって機能しない。汚れたものとは、いわゆる毒素、もっと平坦に言うとゴミという言葉でくくられる肉体の各種排泄物である。膨張したものとは、水分である。排泄物で血が濁り、水分で血が薄まる。こうした血液を、血管からポンプを原動力として外に出し、外部から注がれる透析液とで、筒型の人工腎臓内で洗浄し、きれいにしてまた血管に還す。だから輸血や点滴の類とは異なる。いちど身体の外に出た血液、二百ｃｃ前後が濾過されて体内にもどってくる。浸透圧を利用した身体の洗濯である。このおかげで、尿毒症末期だった私の心膜中で浮いて腫れあがっていた心臓が元の大きさにもどり、失明寸前なほどに膨張していまにも切れそうだった視神経が治療された――三ヶ月もかかった。

明晰な治療

人工腎臓の中には側面に小穴のあいたストロー状のものが詰まっている。その中を血液が流れてくる。ストローの外側にはべつの装置から透析液が注入されてきて、小穴を介して浸透圧で血液と透析液が混じり合い、毒素や塩分が出入りして、清浄化されて血管に還ってくる。これは血液が循環しているから可能な医療なわけで、全身に浸潤する血液はまさに各器官・各組織の伝令の役を担っている。こうした有機的な循環性は、生物の授業で習いはするであろうが、私など透析を受けてはじめて実感した。

その昔、『血液循環論』(一六二八年)を発表したイギリス人ハーヴィ(一五七八―一六五七年)は、星の運行と同じ種類の回転が人体の中にも在ると予見して立論したと言われている。その当時、天界と地上界とは照応・感応の関係にある、つまりマクロコスモス(大宇宙)とミクロコスモス(小宇宙)の一致、という思想が主流で、ハーヴィは心臓を太陽に見立て、そのまわりを巡る諸惑星を血液としたのであろう。

一見、非科学的に映るかもしれぬ着想だが、私は透析生活に入って血液の運行性をじかに体験するに及び、ハーヴィの具眼を肌で感得できた。自分自身ルネサンス文化の研究者の端くれとして、その文化的思潮を生身で味わえた歓びは大きい。

透析を苦にする人もおり、また医療従事者の中にも透析は辛いものだろうときめてかかっている人もいるが、私はこれほど明晰な治療はないと考えている。全身がガラス張りの部屋に入れられたようで、からりとしている。身体が洗浄されるのだから、終了後には蘇生感が湧いてきてさわやかだ。再生感ないし爽快感を口にするとなぜか笑う医師や看護師がいるが、たぶん私が強がりを言っているとでも思っているのだろう。医療従事者は、透析を苛酷な医療とみなしてしまっており、新鮮な気持で私の感想を聞けないに違いない。

生と死の平衡感覚

どんな医療でも自分にとってプラスに考えていくべきであり、なによりも私はしぜんにそうなったのだから。謙虚に耳を傾けてほしい。また医師も、そうした向日的な方向に患者を導く必要があろう。透析という媒体を間において、文字どおり生と死が対峙していたことになる。癌にかかった人のようになかば直線的に死へと向かっているのではなく、隣人のごとく死と向き合っている形となった。透析を受けなければ、意識的に死を選ぶことさえ出来る。片足を生に、もう片方を死の領域に突っ込んでいたのが、目標を生と死の平衡感覚におくと、かえってリズム感がみなぎってここちよい。適度な緊張感がそこにはあるからだ。

シャント——心臓の手首への出張

透析開始のときに左手首に、血液の取出口であるシャント shunt［正式名は「ブラッド・アクセス blood access」］の手術を受けた。私の場合は即日透析だったのでその日は左腕の中軸を走っている動脈への直接穿刺《せんし》で、シャントの手術は翌日だった。表面の静脈と内部の動脈をつないで動静脈血管を作る。新しい血管の二箇所に穿刺をして透析を行なうわけだ。動脈も流れているこの血管に耳を近づけると、ザーザーと砂の流れるような音が聞こえる。また掌を当てると、流砂の感覚に混じって、ゴクゴクと鼓動らしきものが伝わってくる。

それは何を隠そう、私の心臓の生命を刻む音なのだ。試しに人に触ってもらうと、何、これ？　とびっくりして手を離す。生きている音さ、と私は多少はにかみながら応え、心臓が手首に出張しているんだ、とつけたしたりもする。

一様に目を丸くする相手を目のまえに、生きていることを改めて実感する。新たな生と死のリズムの段階にはいったわけだ。友人が編集者のひとりであった雑誌に寄せた文章で私は、生きるリズムの大切さを訴えた。

星辰の運行も血液の循環も一日おきの透析のたびに訪れる蘇生感も、みなリズムと同類であろう。左手首に耳を当てると心拍の連動が聞き取れ、改めて自分が生きていると実感できる。生活が、生きていることじたいがリズムとなった。透析を介して身体が裏表になって構造が手に取るように観察可能となり、私は多くのことを学ぶことができた。

6 移植

最後の手段

〈社会復帰〉の話をしてくれた主治医が完治の方法について、自分以外の人の臓器（腎臓）を移植してもらうしか手はない、と述べた。〈臓器移植〉を指しているのは言うまでもない。私の腎臓がすでに役に立たないことははっきりしているので、自分の中に死を抱えていることに等しい。

しかし壊死はしていない。癌の発生する可能性もあるという。ひとつの臓器の死が個体全体の死に直結していき、それを防ぐために人工腎臓による透析治療を受けており、人工の代わりに生身の肉塊である臓器そのものを植えると全身が治る——この論理は実に明快で、私など、感情移入の余地のないこの明晰さに圧倒され、結果として、自分が不治の身体であることを認識した。

だが不治の病に冒されたのではなく、人工臓器で支えられている障がい者の身であることは理解していた。なぜなら私は身も心もどこも病んではいず、身体の一部が毀《こわ》れたに過ぎなかったからだ。

当時、二〇世紀後半、臓器移植など夢のまた夢で、これは透析をして生きていかねばならないな、と心に決めたものである。とはいうものの風のたよりに移植の話は聞こえて来ていて、私もできることならその機会に恵まれればと願っていた。

移植の是非

透析患者の中には端《はな》から移植を否定する人も少なからずいた。他の人の臓器をもらってまで生き延びようとは思わない、という人もいたし、移植医療の熟成度に疑問を投げかける人もいた。その人たちはたいてい免疫抑制の副作用を盾に拒否や、むしろ嫌悪を示した。

これはマスコミにも責任があって、彼らはとにかく副作用のある治療を批難した。移植後に服用する薬の種類と分量の多さも批判の矢面に立たされた。移植を望まない人がこうしたマスコミの言論に左右されているかどうか定かではないが、私にしてみれば、見ず知らずの人の臓器を他人へ移し替えるという破天荒な作業に、副作用なり薬の服用の多さなりが伴うのは当然だと考える。もちろんそうしたものがないのに越したことはない。だが、移植医療も含めて医療はきれいごとではないのではないか。

表と裏

マスコミの姿勢が医療、とりわけ移植医療に、人の生命を扱うものだからという理由で完璧さを求めるのも納得はいくが、表があれば必ず裏があるのが道理で、理想にはなかなか到達できないだろう。移植手術を受ける側は表と裏の両面を身を以て体験することになる。副作用や薬の多用はあらかじめ覚悟せねばならない。そうした認識を前提としての移植手術であり、その自覚を促すのは医師のインフォームド・コンセントの充実度だと考える。

いつもの透析病院で、移植希望者はカウンターの上の登録用紙に必要事項を記入してください、とアナウンスがあった。さっそく書き入れた。これでさる公立大学の付属病院に移植登録をしたことになる。

一九八七年（三三歳）の春から、夏休みをはさんで秋まで、私は大阪市にある市立北市民教養ルームで文化講座を受け持った。大学院でイタリアルネサンス期に生じた自然魔術をテーマに話をすることになった。ここでの「魔術」とは「知識」の意味で、自然に関する知識、即ち、「自然探究」を指している。この分野を研究してきていた私だが、なかなか講義という形でつづけて教示できる機会がなかった。北市民教養ルームからの依頼は、だからとてもうれしく、口頭で述べることで考えや意見も固まってくるだろうと思った。

占い

四〇人くらいの聴講生の方々は年齢も性別も職業もさまざまで、熱心に耳を傾けてくれて、実にやりがいのある半年だった。一〇月の最終講義のとき、講義終了後打ち上げコンパをやったのだが、その中に占いを職とする年配の男性がいて、私の運勢をみてくれるということになった。彼は講演の総題である「魔術の復権」に惹かれて受講したという。おそらく魔術の中の占星術にいちばん関心があったと思われる。

ともかく私は、生年月日、出生時刻、それに名前を紙に書いてわたした、つまり、一九五四（昭和二九）年一月一三日、夕方の五時過ぎ、名を澤井茂夫（本名）・繁男（筆名）と記した。しばらくして彼は、将来の見通しは明るいこと、強運の持ち主であることなどいろいろ説明したが、その中でも、来年（三四歳）きわめて良いことがあり、私にとってそれは人生を左右するほどの重大事だと教えてくれた。いったいそれはどんなことでしょう？　私は知りたくてすぐ訊き返した。ルネサンス文化の研究と並行して小説を書いている私にしてみれば、重大事といえば、新人の登龍門として高名なさる文学賞の受賞しか思い浮かばなかった。だから仕事の上で、という応えを期待した。残念ながら具体的には判らないんですが、めったに人が体験できない出来事があるのは確かです。私の中でますます受賞への思いが募った。その賞はめったに人が体験できるものではないからである。

一大事

やがて秋も深まり例年のごとく年が明けた。私は占い師の言葉を当てにしながら小説を書いていた。もちろん透析にきちんと通いながら。その一大事というのが移植手術だったのである。四月二九日の午後二時頃、かの付属病院の第二外科から連絡を受けたとき、この重大事と移植とはすぐに結びつかなかった。退院してから、ふと、ああ、あれがそうだったのか、と思い当たったしだいだ。

どちらかと言うと、不遜に聞こえるかもしれないが、文学賞受賞の方がよかった。というのも、透析者として生きていく覚悟をすでに胸中に養っており、また透析じたいをべつに苦にしておらず、かえって生活がいい意味で一定の枠にはめられて規律のある毎日を送り得たからだ。透析者の中には人生を儚《はかな》んだり自棄的になったりする人も多いらしいが、私の場合、生来の楽観的性格が力となってか、週三回の透析が、信じられないだろうが愉しみですらあった。たぶん、身体は尿が出ないので水分が溜まって浮腫でぶよぶよになり、血圧も上がっているのだろう。またカリウムや窒素やリンなどの値が常態を逸脱して毒素となって尿毒症末期の状態に近いのだろう。気分的には不愉快きわまりなく、医学的には死の一歩手前の肉体が、数時間にして引き締まるのである。

当惑

つまり、表層的にせよ健康体に再生した醍醐味が至福とも言える感覚を私に植えつけていたからである。それゆえ付属病院からの電話には正直言って当惑した。受話器の向こうの相手が名乗りをあげた時点で戸惑いが生じた。それが消え去り移植への意向が芽吹くのに結構時間がかかりそうだった。しかし四時までには病院に来てほしい、と制限が設けられ、一刻を争う医療である現実を前にして、選択し、進むしかなかった。迷いながらでも、不思議と拒絶の方向に気持は傾かなかった。私は透析医に体調を尋ねてから折り返し電話したい、と述べて受話器をおいた。四月二九日と言えば当時は昭和天皇誕生日に当たって祝日なのだが、透析室は休みではないはずだ。すぐさま主治医に是非を問う連絡を入れ、頑張って受けてみなさいと励まされ、病院に受諾の意思を伝えた。この間五分も経っていなかったであろう。転機は突然やってくるものらしい。

7　移植手術

献腎による移植

高圧浣腸や陰毛剃りのことなどが浮かんでは消えた。術前の手技のなんとわずらわしいことだったか。幾度トイレに向かったか。それも速足で。陰毛剃りは妻が担当したが、傍らの他人であるナースの方が気が楽だった。若くて美形のひとだったから勃起していたに違いない。先方も顔を赤らめるであろう。本体にかけられているガーゼが吹き飛んで、もしまるみえになっていたら……。

幽体離脱

移植手術そのものは午後の一〇時ぐらいに始まるらしい。いよいよだと思いながら、べつにこれといって考えるでもなく、手術室に私を運ぶストレッチャーの到着を待った。私は妻に、手術を受けたことを知らせるべき人たちを二、三名挙げて連絡を頼んだだけだった。

自分のなかの自分が白身の肉体の裡《うち》をやぶって顔を出すのをそのとき感覚した。私は宙を漂い、眼下には医師とその傍らのベッドには病臥している私の肉体があって。目を横にずらすとすでに夭折した幼なじみが、どうやら川向うにたたずんでいる。みな両手を挙げて、ストップのような合図を私に送っている。川にかかっている橋をわたってくるな、と受け取れる。表情に和みはなく真剣そのものだ。私はその力に制されて医師に目を移した。茶系統のネクタイがみえる。白衣ではなく水色の予防着をまとっている。私の主治医に間違いない。注意深くベッドの私の顔をのぞき込んでいる。そして医師の真向かいに妻が立っているのに気づいた。いつものようにジーパン姿で、私をみつめている。横手の友人たち、それに川と橋はもう消えて存在しない。同時に妻と主治医の姿もみえなくなり、私はといえば、しだいにもうろうとしていた意識が生気を取りもどして来て、麻酔から覚めていった。

そうだっけ、私は腎臓移植の手術を受けたのだ。手術室にストレッチャーで運ばれ、ヴィヴァルディの『四季』が流れるなか、本人確認をされ、医師も名乗った。そのあと口に大型のマスクをはめられ、こんなことには負けるものか、と気持ちをしっかり保ったのに、目覚めたら妻と医師がベッドの両側にいた。まだ酸素マスクが口をおおっていて、息苦しい。何かを伝えようとするが、「口枷《くちかせ》」と表現したらよいのか、とにかく思うように口が動かせず、言葉を出せない。そのとき医師が酸素マスクを取り外してくれた。私は器械に助けられた呼吸から自然呼吸へともどった。目が医師と妻に走り、次に病室を駆けめぐった。やっと気がついたのね、と妻が言うと、成功でした。三つ目の腎臓がきちんと右脇腹に植えられていますよ。移植腎ですね、とか細い声で問うと、はい、と主治医が頷いた。

成功

手術は無事成功し、一〇日経った頃から尿が出始めた。生体腎移植の場合は術後すぐに尿が出るそうだが、私の場合は献腎による移植だったので、一定の日数がかかった。尿が出るまで透析を受けていた。

尿が出始めたときのことである。私の尿道にはカテーテルが挿入されており、それを通ってベッド脇のビーカーのような器にその先端が垂れていて、秤に乗っていた。移植後、一〇日目に、にわかに下腹に激痛が走った。上半身を曲げ、両手で腹を押さえつけてなんとかこらえた。傍にいた若い医師に疝痛《せんつう》を訴えたが、応えがない。懸命に耐えた。そのとき同時に尿意を覚えていた。

いったい何事か。尿が出たとしたら嬉しい。でもあの鋭利な痛みは？　こういうことがそのときから頻繁に起こって、そのたびごとに医師がいるときには、痛い！　痛い！　と叫んだ。だが若い医師たちは押し黙ったままだ。そのうち主治医の先生が来て、秤の数字が千ccに達しているのを確認すると、よかった、これで退院できますよ、と告げた。私は下腹を何度も襲った激痛について問うた。すると医師はまわりに立っている若手の医者たちに視線を送って、誰も説明を？　なんてひどいことを。あきれるな、全く、とみなを睨みつけ、私の方に振り返ったときにはその目は和らいでいた。透析を開始してから七年目での移植手術でしたね。もう尿は出ていなかったはずで、だとすると膀胱は委縮してしまっていますよね。そこへ移植腎で作られた尿がにわかに流れてくるわけですから、膀胱がびっくりしてしまって拡張し出す。そのときの痛みですよ、あの激痛は。さぞかしお辛かったでしょう。ええ。……そういうことでしたか。最初に言ってくれれば我慢できたのに……膀胱の自然反応ですね。そうなります、と主治医の先生は振り返って若い医師たちを睥睨《へいげい》した。それくらい説明できたはずだ、とその背中が叱っているかのように映った。ようやく退院の許可が出た。次の日の午前中に会計を済ませ病院をあとにした。家族に連絡したのち、タクシーでまっすぐ家に向かった。

「生きている」という実感 ――「異形」

講演などの依頼を受けたとき、よく聴衆のみなさんに向かって、皆さんは、いまを生きている、「生の実感」はありますか、と問いかけるときがある。言い換えると、精神的に安定しているか、とでも表現できようか。これは老若男女、それぞれ個々のひとによって違うであろう。

私の場合、移植腎が自分のモノになって生着しているかどうか、それが医学的に認められても、精神上、なかなか得心のいかない日々を送った。そのとき、ふと、自分の身体が「異形」であることに気がついたのだった。自分の生を異形として理解することで自己の体内の「いのち―移植腎」とともに生きている、いや生かされていると悟った。それは「正形」ではないが歪《いびつ》ではない、異形だった。この発見に私はほっとして、生命の横溢《おういつ》を感じた。それは「生かされて生きている」証しだった。

ここでちょっと飛躍するが、私は「異常」とすれば「正常」の反意語となるが、いつも「異状」と「異常」の区別で悩む。「異状」で思い出すのは、レマルクの傑作『西部戦線異状なし』だ。この場合の「異状」は戦線という限定された場での「異常」であろう。医療のときも使用可能らしい。双方、「普通とちがった状態」の意味だが、『西部戦線……』があまりにも有名で、私など「異状」も「異常」にもあてはまらない。普通でない点は当たっているが「正常」のつもりだし、本人にその自覚がないから、せいぜい「異形」で得心といったところだろう。

第Ⅱ章　社会復帰

1　バンコクまで――イタリア渡航挫折記

挫折の要約

透析の身の私でも、現地での透析を受ければ旅は可能なので、イタリアには都合四回出かけている。そのうち一度だけボローニャ大学付属病院で透析を受けた。あとは移植時に二回、腹膜透析時に一回（後述）。

しかし本当は五回だった。その初回というのは、アリタリア航空（イタリアの航空会社名）を使用した南まわりだったが、とつぜんタイのバンコクの飛行場でＡＺ（アリタリア航空の略称）機がエンジントラブルで停止してしまい、私たち乗客は空港近隣のホテルに缶詰めにされ、出発をいまかいまかと待つ身となった。

私の不安はもちろん「透析」にあった。日本大使館に電話をしたが、職員は透析の何たるかを知らず、一から説明しなくてはならなかった。ベル・ボーイにも訴えた。救急病院にも電話をし、日本語のわかる看護師を呼び出して、事情を打ち明けた。京都の透析病院にも電話をした。みな親切丁寧にいろいろな指示を下さった。でも私にはいずれもいまひとつの条件に不備を感じ、結局、日本に帰ることにした。イタリア渡航の挫折である。アリタリアの事務所の厚意で、バンコクからローマまでの運賃を、時間的に都合のよいスイスの成田行きの旅客機に振り替えてくれた。一晩、アリタリアの事務所で、パイプ椅子に腰を掛けて、うつらうつらしながら夜をすごした。同じような境遇の外国のひとが、日本にはＪＡＬという優れた航空会社があるのではないか、とやんわり私を批判した。そうでしたね、と私は項垂れた。

朝六時、スイス航空の赤十字そっくりのマークをみたときほど、気持ちに安ぎを覚えたときはなかった。成田から伊丹へ。夕方透析病院へ。みなの失笑を買った。私もなんだかおかしかった。

これがこの出来事の要約であるが、事はこのような簡単な事態ではなく、もっと複雑錯綜していた。

出発

一九八三年七月二七日、私は一五時一〇分伊丹発成田行きの日本航空に搭乗した。成田に着き、乗り込んだアリタリア「AZ1791機」には日本人の乗客が多数乗っていた。

香港、バンコク、デリーと停まってローマに着く南まわりである。これら日本人はおそらく香港でたくさん降りるだろう。彼らは飛行機が離陸してベルト着用のサインが消えると、フラッシュをたいて写真を撮りまくった。私は驚き、これら日本人の「仕業」が恥ずかしかった。隣の乗客（韓国人）と顔を見合わせて思わず、苦笑し合った。

香港を離陸

香港に到着するとこうした日本人団体客はみな降りた。日本人は団体になると、表現は悪いが、見境もない行動を取るようだ。民衆でなく「大衆心理」が作用し、個を忘れて自己責任の域を忘れてしまう。これが怖い。二度目のイタリア行のとき、旗を持ったガイドを先頭にぞろぞろ歩く団体観光客をフィレンツェでもみかけることになるが……それはあろうことか高校生の修学旅行の一行だった。

七月二八日。ベルト着用のサインが消え、AZ機は一路バンコク国際空港に下降し始めた。ジェット噴射の音だろうか、キューンという音が高鳴り、どしんと鈍い音と振動を立てて機が着陸した。

突然、機内のイタリア人乗務員が拍手し口笛も吹いた。びっくりした。乗務員が！　客ならまだしも。パイロットに信頼を寄せていないのか。バンコクでは眠たかったので機外に出なかった。機内では清掃が始まった。

初めてのイタリア行

今回私は初めてイタリアに出かける。半島中部の都市ペルージィアの外国人専用の語学研修（夏期講習）に参加するためである。いままで行けなかったのは金銭的余裕がなかったからだ。実家が援助してくれるような家に私は生まれていなかったし、出かけるときには自費で行きたかった。最近になってようやく生活にゆとりができた。

早晩、乗客が三々五々と機内にもどってきた。やがて扉がしまり、離陸の放送があったが、滑走路に出るまえに整備のために少々停車するとのことだった。機は一〇メートルほど動いて停止した。それから一時間が経っても動かない。団体客がいないので機内は騒がしくないが、どことなくザワついている。私の時計は日本時間で四時を指している。

機内放送で、全員外に出て待合室で待機するようにとのことである。どうなるのだろうか、と半ば興味津々で、小さなバッグを持って機外に出た。バスに乗って待合室に向かった。

待合室からホテルへ

人のだれもいない深夜の待合室ではまだタイの特産物や工芸品を売る売店が開いていた。蛍光灯の光が灰色のコンクリートの地肌を、夏なのに寒々と浮かび上がらせていた。私は皆に混じって椅子に腰かけて落ちつこうとうろうろしていた。

しばらくすると、イタリア語と英語による放送があって、サンドウィッチとコーラのサービスがあるので、売店で受け取ってくれと告げた。人びとの流れができた。私は行かなかった。空腹ではなかったし、水分は控えるべきだからだ。外をみると夜が明けてきた。現地時間は四時半である。コーラの壜も空になり、みなの手からサンドウィッチがなくなってしばらくすると、また放送があって、今度はエア・ポート・ホテルに移るからパスポートをゲートでわたしてバスに乗ってくれ、という。ホテルと聞いてほっとした。待合室より期待が持てた。

JR（当時は国電）の改札口のように狭いゲートに長蛇の列が続いた。腰かけたまま、短くなるのを待った。インド人が一団となっているほか、ラテン系、ゲルマン系、アジア系の顔がみえ、国際色豊かだった。数台のバスに便乗して空港を離れた。それまでの風景では日本だといわれても、べつに不思議ではなかっただろう。コンクリートの建物に私は〈タイ〉を発見できずにいた。同様に日本を訪れた西欧人が一様にがっかりして京都まで足をのばさざるを得ないのが判るような気がした。空港という現代技術の粋が集中している地域では、西欧の機能的な文明が広大な原野を表面的に凌駕してしまっている。

一〇分ほどでホテルに着いた。そこは滑走路と道路を挟んで真向いの位置なのだ。バスはぐるっと遠回りしてきたことになる。降車してホテルに入った。入口で氏名、住所、パスポート番号記入用紙、それに朝食券と昼食券がわたされた。フロントに長い列ができていた。私は玄関左手のロビーで腰かけて待った。

しばらくして、三〇〇一号室の鍵をわたされた。中庭に面した、思いのほか広い部屋だった。中庭にはプールがあった。朝食まえにシャワーを浴びた。朝食はバイキング形式だった。食後、隅の方で食事をしているイタリア人スチュアートに身体の事情を打ち明けた。気が弱くなっていたのか、私のような客の存在を知ってもらいたかったからだ。その中年のイタリア人は、「エントリアーモ　スタセーラ（今夜のうちに着くさ）」と陽気に答えた。

掲示板

いつの頃からかフロント横に掲示板が設《しつら》えられた。アリタリアの客たちが屯《たむろ》している。掲示内容が変わっているのだ。午後二時半に来るはずのバスが未定となり、質問があればフロント横のデスクへ、と書かれている。まっさおになった。デスクへ行ってみたが、机だけあって、誰もいなかった。自分の身体のタイム・リミットを考えてみた。私の京都での透析予定日は、毎週火曜日の夕方から水曜日の早朝、金曜日の夕方から土曜日の早朝まで、今でいう「オーバーナイト透析」で、各一〇時間（計二〇時間）である。

今回の当初の予定では、

二六日（火）　夕方から京都で透析。

二七日（水）　早朝透析終了。夕刻成田出発。

二八日（木）　午前九時半ローマ着。

二九日（金）　午後二時よりイタリア（スポレート）で最初の透析。

という日程で、いま現在は二八日の昼である。

時差を考慮しても（イタリアは日本より七時間遅れている）、おそくとも今日（二八日中）にバンコクを出発しなくてはならない。それを過ぎると、身体的余裕はあるが、イタリアに着くのが土曜日か日曜日となり週末で病院は休みとなり、週明けまで待たねばならぬ危険な状態になる。こんな計算をしていると、トランシーバーを手にしたアリタリアの制服を着た二〇歳前後のタイ人女性がデスクについた。いっせいに客がむらがった。英語でのやりとりがなされる。私も身体のことを話した。その女性は心配そうな表情で立ち上がると玄関を出ていった。そしてもどってくると連絡してきたという。いったいどこへ、何を、どういうふうに？

四時にもう一度案内があるというが、あてにはできない。

日本航空がこのような事態に陥ったら代替の便をおそらく出していただろう。だが、アリタリアにその気はないらしい。

再度、待合室へ

そのとき突然ボーイがアリタリアは出発することになったと告げた。五時半にバスが迎えにくるという。みな狂喜し、さっそく部屋にもどって荷物をまとめてフロントに向かった。

パスポートを受け取って人であふれる待合室にはいった。しかし発着を知らせる電光掲示板にAZ1719便の名は表示されていなかった。その後、出発は七時半と掲示されたが、ゲート番号は表示されないままに、出発時間だけが、二〇時、二一時四五分、二三時三〇分と、延びていった。

二一時に四階の食堂で夕食を摂るようにとの放送があった。空腹だけにはさせまい、という会社側の配慮がみえた。食後一階に下りると、電光掲示板に、ローマ発東京行、四時二〇分バンコク着のアリタリア機の名が表示されていた。そしてそのすぐあとに私たちの便が四時四〇分発と出た。ついに出発は二八日を過ぎてしまった。その便もいんちきだと思うが、もう私には関係なかった。私の身体はさらに死へと近づき始めたのである。決心しなくてはならなかった。タイの病院に連絡を取って透析を受けるか。日本に帰るか。私は後者を選択し、その旨を先方に伝えた。こうしてアリタリアのバンコク空港の事務所で一晩明かして、スイス航空で成田へと帰国の途についた。

伊丹行の日本航空に乗り換えて二九日の夜到着。京都に急行して深夜の一一時に透析を開始した。京都の病院には成田到着後に連絡しておいた。電話にでたナースは唖然としていた。国際線での遅れは覚悟していたが、三六時間の遅れはたいていの人が初めてだという。アリタリア側と交渉すると、もし医師の診断書をまえもって提出していれば、各着陸地に医師を派遣し、透析機器も機内に持ち込んだはずだと説明したが、ほんとうだろうか。

さらにこんな災難は年に一度くらいしかないらしいというが、初めての海外旅行で、それも身体に障がいのある自分が遭遇するとは、私はよほどついていないのだろう。

2　妻と旅したイタリア、そして異国での透析

結婚後の海外旅行

一度目のイタリア渡航計画に失敗した私は、次は看護師である妻を伴ってイタリアへ向かうことにした。一歳の女の子の親となっていた私たち夫婦は、娘を同居していた母にあずけ、一週間の予定で旅立った。今回はシンガポール航空を利用した。

当時大学でのネイティヴの教員がボローニャ大学に所属していたので、透析はボローニャ大学医学部付属病院に予約を入れた。そして彼のアパートに「間借り」することになった。

ボローニャはイタリアでも由緒ある都市で、市街地は中心から円形に拡がっていて、中心から離れるほど、現代の街並みとなる。つまり、街めぐりは歴史探訪なのである。到着したその日、地図の上で近かった大学病院を訪れた。新築のビルのようで、透析センターは八階にあった。妻とともにエレベーターに乗った。降りると秘書がい

て、話しかけると、私の出した手紙を読んだという。異国ではこうしたことを耳にするだけで安堵の念を覚えるものだ。彼女がいった、明日、八時半にここへ来てください、わたしが案内しますから、と。これも心強い。

きれいな設備の下、透析を受けられると安心して帰路についた。

異国での透析

翌日は晴れていて、気分も爽快。私と妻は病院に向かった。八階まで上がると、います、と約束していた秘書がいなかった。まことにイタリアらしい。約束を破ったのだが、こうしたことが日々起こるのがこの国のお国柄なのである。でもがっかりはする。透析室への取次は誰がしてくれるのか。目の前の厚い扉の開く瞬間を待って、イタリア語の紹介状をわたさなくてはならない。待っても待っても扉はあかない。こちらからは開けられないようになっている。

そのとき小学生くらいの子供がエレベーターから降りて、扉をノックした。開いた。私は駆け寄って、紹介状をその医師にみせた。「アスペッタ（待ってください）」といって、引っ込んだ。しばらくして医師が顔を扉からのぞかせた。私はとっさに、妻が看護師なので、イタリアの透析医療を見聞したがっているから、何とか見学を許されたい、と懇願した。医師はまず私を招き入れ、次に妻を通した。

透析室に案内された私が驚いたのは、大きな部屋にベッドが三床しかない、ということだった。各ベッドに仕切りはないが、充分な間隔を保っている。これは大学病院の、臨時あるいは導入用の透析設備だからか、と思った。それにしても日本の総合病院のそれとの落差は著しい。日本の場合はもっと間隔が狭い、たとえベッドが三床でも。イタリアではプライバシーの思想がきちんと息づいている。

私はいちばん奥、戸口から三床目のベッドだった。更衣室で着替えてもどってきてベッドに腰かけた。二、三人の医師がやってきて、私を取り巻いた。彼らが最初に口にしたのは、ここの機器はぜんぶ日本製だ、という羨望の眼差しだった。日本製の機器は性能が高く安全で、世界中、どこの国のものよりもよい。そして日立（イタリア人はHを発音しないので、『イタチ』という）、ソニー、東レ、ホンダ、今のパナソニック、トヨタ、ニッサンなどの名を挙げて褒めちぎった。人工腎臓は東レの製品が当時人気だった。産業立国という印象を持っているようだが、私としてはモノづくりの国、技術立国だと思っている。手先が器用で繊細な民族なのだ。

その後、尿はまだ出ているのかといった医学的質問や、何の目的で透析の身でイタリアに来たのかという質問に移った。尿はもう出ない「無尿」の状態であること。自分の研究分野が「自然魔術《マジア・ナトゥラーレ》」であることを話した。すると自然魔術とは何かと問われたので、ジャンバッティスタ・デッラ・ポルタやカルダーノ、それにカンパネッラの名を挙げたが、誰も三人を知らなかった。自然魔術だけの説明も面倒なのに……とほとほと困った。彼らにとって、自然魔術も三名の魔術師も関心の外にあったのだ。そのような内容の事柄を研究している日本人である私が奇異な目でみられた。そういうものなのだろう。後年、腹膜透析の最中に一ヶ月フィレンツェに語学留学したときも、ルネサンスに関する知識は担任の講師より私の方が豊かだった。自慢にもならないが、専門に勉学しているのだからあたりまえといったらそうなるだろう。

完全「武装」

透析は日本と同じようにして始まった。他の二名の患者はご高齢の男性で、透析を嫌がっていることがあとで判った。そこへ妻が、なんと、手術衣を着込んでマスクも着用し、片手に文庫本を持って現われた。まさに完全武装だ。

「こんな格好にさせられた」と妻が苦笑している。

椅子も用意された。

「八階の透析フロアーをすべて見学させて下さったわ」とご満悦である。

「さっきの男の児も透析を受けていた。小児透析をすると成長が抑制されるから、日本では内科的治療を優先するのにね」

妻は国によって医療体制が異なることを悟ったようだ。現在、世界でも類をみない長寿国の日本では、九〇歳でも透析に入るひともいるそうだ。延命尊重といっても「程度」がある。癌の患者さんや一部の難病の方には緩和ケアという方法があって、内科的治療と緩和医療の組み合わせで、天寿を全うさせ得る。人命は大切だが、そのひとの終焉はもっと大事だと思う。人間の最期をどう迎えさせるかは、今後の医療（特に透析医療）で重要視されなければなるまい。

妻は椅子に腰かけて文庫本を読み始めた。四時間、そうしていなくてはならない。この人には一生、頭が上がらないだろう、とつくづく思った。

日本では夕方からの透析だが、イタリアの朝からの透析は、窓から流れてくる光線の輝きに室内が照らされ、すがすがしさを満喫した。そのうち若い女性がやってきて、

「牛乳《ラッテ》、コーヒー《カッフェ》、紅茶《テ》、どれが?」と訊いた。「おやつ」なのかな、とびっくりしたが、私も妻も、紅茶と答えた。サービスなのだろう。

止血と無料

四時間後、何事もなく透析は終了した。しかし血圧をいちども計りにこなかった……。

日本では考えられないことだ。そういえば看護師も一人も現われなかった。抜針も医師が担当し、止血に粉を振った。これで止まるのか? 医師は自信あり気だ。京都の病院では、テープでぐるぐる巻きにし、帰宅してから解くとぴたりと止血が完了していた。これもお国柄か。医療と医学の差が明確になったものだ。

適当な時間でほんとうに止血が整い、帰途につくことになった。医師に次回の透析の日時を確認して、一階に降りた。治療代は門の傍らの管理人に支払ってくれ、というので小屋を探して事情を話すと、要らない、と。ただ? びっくり仰天である。日本では考えられないことだ。さすがルネサンス・人文主義の国!

水——ペットボトル

イタリアに到着した日の夜のこと、夕食を摂ろうとしたが、まだ六時で、階下のトラットリーア（一般のひと向けの食堂）が開店していなかったので、持参してきたインスタントラーメンをゆでることにした。湯を沸かしていると白い沈殿物がニキビのように浮き出てきたが、構わず麺を入れて茹でた。

水道の水を飲みながらラーメンを食べた。この水がよくなかった。沈殿物はカルシウムだった。大陸の川はゆったりと流れているから、日本や英国の水と違って、カルシウムが抜け切れない。それが水道水に混入してきて、腹を下す原因となる。妻がとくにひどい目に遭った。

ルネサンスの研究をしていても、イタリアの「現状」はわかっていなかったのだ。現場に出向いて、「現在」と向き合って初めてわかる経験知だ。飲み水はペットボトルで買うものなのだ。

これは勉強になった。アペニン山脈を越えた、列車で一時間のフィレンツェしか観光できなかった。むろん透析のせいもある。ともあれ、初めてのイタリアの地を踏むことで、書物では知り得ない多くのことを学ぶことができた。

3 テレビ出演・講演会

公の場に

透析と腎移植に言及した拙著『いのちの水際《みぎわ》を生きる』（人文書院、一九九二年、絶版）を刊行してから、テレビ出演や講演の依頼がつぎつぎと舞い込んで来た。以下にまとめてみよう。

① 一九九二年一一月　報道番組『プライム・テン』（NHK）に出演
② 一九九三年三月　住友病院付属高等看護学院にて講演（大阪）
③ 一九九三年三月　報道テレビ番組『ニュース・ステーション』（久米宏、テレビ朝日）の「特集コーナー」に出演
④ 一九九五年六月　大阪市立大学付属病院にて講演（大阪）
⑤ 一九九五年九月　腎移植フォーラム95にパネリストとして参加（名古屋）

⑥ 一九九五年一一月　ビハーラ公開講座にて基調講演（岐阜）
⑦ 一九九六年六月　日本私立看護大学協会第31回看護リフレッシャーコースにて講演（東京）
⑧ 一九九八年七月　母校道立札幌南高等学校にて講演（札幌）
⑨ 二〇〇〇年二月　私立花園高等学校にて、生徒や保護者それぞれに数回にわたって講演（京都）
⑩ 二〇〇一年九月　第八回ビハーラ活動全国集会.in岐阜にてパネリストとして参加（岐阜）
⑪ 二〇〇二年六月　（株）ヒューマンルネサンス研究所主催「自律社会と先端技術研究会」第五回にオブザーバーとして参加（京都）
⑫ 二〇〇二年一二月　駿台予備学校関西校各校舎にて「臓器移植の体験者の立場から」と題して講演（京都、大阪、神戸）
⑬ 二〇〇五年二月　科学技術への市民参加型手法の開発と社会実験（イベント「市民が考える脳死・臓器移植」を中心とした基調講演）に参加（東京）
⑭ 二〇〇五年七月　『市町村職員中央研究所』にて、臓器移植体験を講演（千葉）

以上である。傍点を二箇所に附したが、いずれも看護に携わる人々（看護師）からの依頼で、残念なことに医師からの要請は無きに等しい。看護学と医学は異なるのだが、同じ医療に従事する者どうしなのに、と不思議に思う。どこか治療や患者の予後に対して決定的な見解の相違が両者の間に存在するに違いない。私としては医師の前でも話してみたかったのだが。

一四回も何を喋って来たかというと、内容にほぼ変わりはない。ただ回を重ねるたびに、自分の〈負〉の部分を切り売りしている感覚が募ってきて、いい加減嫌になって来た。

⑧の母校での講演では、もともとルネサンス文化の研究をテーマに据えたはずだったのだが、学校長ののっけからの紹介で、透析・移植を明かにされて当惑した。もう身体から離れたい、それほど移植腎はわが身になじんでいる、と訴えたくもあった。

⑫の講演の「要旨」（「臓器移植の体験者の立場から」）が手許にあるので載せてみる。会場の照明の具合がよかったので、以下の要旨をゆっくり読みながらコメントを加えた二〇分だった。

臓器移植の体験者の立場から

日本の医者は大学で六年間の教育を受けたのち国家試験に合格して晴れて医師となる。彼らは一応日本の受験教育界の中ではエリートとよばれるコースをたどって医師としての職業に就く。したがってまがりなりにも〈教育〉はあると言ってよい。しかし〈教養〉があるかどうかははなはだ疑問である。もちろんきちんとした教養のある医師もいるであろう。しかし大学在学中はスポーツのみ熱中して読書をせず内面的深化もなく、ただ身体だけが元気なまま医療の技術面だけを受け継いで医師になる者もいる。偏見かもしれないが（偏見であってほしいが）、外科系の医師にそういう人物が多いのではないだろうか。彼らは職人気質でおまけに口下手ときている。患者と向き合おうとはしない。コミュニケーションとは自分と相手との心の交流を言う。それが成立しないところに真の理解が生まれないのは当然で、インフォームド・コンセントも成立しない。医師にはみずから語ろうとする姿勢が肝要なのではあるまいか。生来無口な人、人と接するのが苦手な人は臨床医としての適正を欠く。

腎移植を受けた立場から言えば、移植腎に対する医師（外科）と患者双方の考え方に根本的な相違が顕われて来る。医師はその受けてきた近代自然科学的な教育から、臓器をパーツ（部分）、つまり〈モノ〉として捉える。一方患者はどうしてもそう思えず、体内に宿ったいのち、つまり〈生き物〉とみなす。この二つの差異は大きい。

すがすがしい間柄——共生の医療

移植後退院して外来に通院するようになって医師と対した折、両者の拠って立つ発想の根拠が前述のように異なるものだから、いわゆる齟齬《そご》が生まれる。患者は無意識のうちに満足がいかなくなる。医師からの歩み寄りはない。患者にも問題がある場合がある。懇切丁寧に症状を説明してくれる医師の言葉をきちんと理解しようと努めないことである。自分勝手な考えでわがままに予後を送ろうとする。自己の精神状態をコントロールできずに自堕落な生活に陥る者もいる。医師は所詮他人であることを銘記すべきであり、他人の中の最もよき相談相手と解するのがよいのではないか。オンブにダッコの関係ではない。甘えは棄てよ。患者と医師が適度な緊張関係、すがすがしい間柄であるときに、はじめてそこに〈いのち〉が息づいてくるだろう。

相変わらず移植医を目の敵のように批判しているが、予後に覚えた不信感はよほどものだったといまになっても思う。目下、私は分析を行なって、臓器移植《レシピ》を受けた人《エント》と移植医の立場の相違、つまり〈いのち〉と〈モノ〉を明確化しようとしている。単なる感情論は公開の場で通用しない。喧嘩両成敗で、レシピエントがだらしのないこともあり得る。実際反省すべき点は少なくないはずだ。まとめは共生の医療ということで、患者と医師の心底からの歩み寄りが肝要なのだ。

はつらつサイン

テレビ出演のときも講演会のときも、日本の医療の現状の中で、私の役目は、稀有な体験報告もさることながら、一種の啓蒙の任も担っていると考えた。単純な見方をすると、聴衆の中には、身体に障がいを負って移植などの大手術を経た人間を目の当たりにして、意外に元気なのだな、という偏見を棄ててもらうことが、第一の効果としてあるだろう。②の住友高等看護学院での講演のときには、後日、受講してくれた新卒の看護師たちの感想文をいただいたが、私が生き生きといかにも健康的なのに驚いた、という文面が圧倒的多数を占めた。百聞は一見に如かず。演壇に立って張りのある声で喋る私だが、そうすることで、透析者でも移植者でも、こんなにはつらつとしていますとサインも送っていたようだ。

講演の中で、私のように医師を批判する者はなく、あらかたが讃美である。私の批判話を聞いたあとにマイクを握る講演者の中には、自分の場合は医師に恵まれていたとわざわざ言明する人もいた。あるとき新聞のインタビュー記事でやはり大学病院の医師を批判したら、見知らぬ人から電話がかかって来て、あの先生はどうかこの先生はどうかと評価を求めてくるのでそれなりに誉めると、安堵して切ってくれたこともあった。

「観」の提示

人はみな、自分の体験したことが真実なのであり、それに反する意見には心情的に反発するのであろう。だから私は、近代自然科学思想の話や教育課程の実態を持ち出して、なるたけ感情から離れたところで議論を展開しようとするのだが、そうなるとそんな話はむずかし過ぎるという声が飛び交うしまつだ。

病気や障がいを抱えた人たちの集まる中でさばけた論議を展《ひら》くのは容易でない。一様に決して明るく陽気ではない苦渋に満ちた人々の中で、私など、心情的にも、認識論的にも、かなり浮いた存在なのではないかと思いもする。

講演とは文字どおり人前で話すことであり、判りやすく伝えるのが大切となるわけで、そのため充分な自己分析と洞察、さらにまとめがあらかじめなされている必要がある。そのお蔭で講演に招かれるたびごとに私の中で統合（積分《インテグラル》）が行われ、少しずつ身体観・死生観が形作られていった。講演は、その種の〈観〉の報告でもあった。声をかけて下さった主催者の方々に感謝している。

次節では、積分による〈観〉とは次元を異にする、微分化された（こまごました）身体について書いてみよう。

4 徴細な事柄について

医学でなくて医療

移植手術後一年半から二年目にかけて鬱状態がつづいたが、身体の方にも細かい変調（徴）がいろいろと顕われた。

免疫抑制剤の副作用として、顔が丸くなるムーンフェイスは覚悟していたので受け容れたが、手、特に指が微妙に顫《ふる》えて字が書けなくなったり、歯に冷たいものがしみてスイカなど冷やしたものが食べにくくなったり水で歯を磨けなくなったりしたのは、日常生活にじかに影響を及ぼすことなので困惑した。これらの症状も二年ほどつづいていつのまにか消えてしまった。

外来受診の際、こうした症状を訴えると、担当医は医師らしくカルテに書き留めはするが、どうしてそうなるかは決して説明してくれなかった。

医師が科学者の端くれだとするなら、「黙々と記入だけ行なう」のは観察行為であり、その分科学的と言えよう。しかしそれはあくまで医学であって、患者に原因・理由を説明し納得にまで至らせなくては医療とはみなせない。私はまるで実験対象のように扱われ、きわめて不愉快であった。

尿の出をよくするために血管を多少膨張させる薬も服《の》んでいたので血管がもろくなっており、内出血が頻発した。また顔がやたらと赤らみ、夏なら陽焼けとごまかせるのだが、冬場に私と出会った人たちは口をそろえて「スキーに行ってきたの」と言葉をかけてきた。雪焼けを指していて、弁解に言い淀む私に、元気でなによりと微笑む人が多かった。好意は無に出来ないと、あるときから二日ばかりスキーに、と応えることにした。

縮こまる毛髪

髪の毛も少しずつ変化していった。ある朝櫛がすんなり通らなくなっていて、鏡に映し出されたわが髪はゴッホの絵にも似た暑苦しいねばっこさで丸まっていた。毛の一本一本が手足を曲げて身を縮こませている海老のように彎曲し、のばしても反動で元に戻ってしまうのだ。硬質でストレートな髪をしていた私だが、ひん曲がった針金に取って代わられてしまったのである。この状態はしばらくつづいて、予期せぬことだが、C型肝炎の治療で投与されたインターフェロンの副作用（?）でねばついた硬い変形が解け、元の私の髪に戻った。副作用だとしたら、ときには役に立つこともあるのかもしれない。

お尻の形が、うしろから見た牛のお尻の形になると事前に説明を受けていて、これはそのとおりになった。この予告をうっかり失念していた私は、不安に思って外来受診の折りに尋ねたのだが、明瞭な回答は得られず、結局、思い出すまでいらいらした日々を送るはめになった。

ひびの痛さ

免疫抑制剤の副作用の決定打として骨の軟弱化がある。骨（微細にせよ、それゆえに大きなこと）の検査を受けた。骨粗鬆症になる恐れがあるらしく、車椅子の生活になる移植者も多いと聞いた。私の場合、腰の骨に異常は生じなかったものの、骨が弱くなっていたのは事実で、四回ほどひびがはいって辛い思いをした。

一度目は、炬燵の傍らで仰向けにごろんと寝ころがっていたところに、二歳の次女が炬燵の上からいたずらで飛び降りて、その瞬間疼痛が生じた――鎖骨にひび。

二度目は、町内運動会で三キロマラソンに出場し、走行中左脚に錐で刺されたような痛みが走った――膝の皿の裏側にひび。

三度目は、妻に肩を揉んでもらっている最中、上体を載せかけて強く押されたとき呼吸が止まるほどの鈍痛を抱え込んだ――胸部の軟骨にひび。

四度目は、冬の札幌に帰省した折、久しぶりに雪道を（それもうっかりと革靴で）歩き、滑って転倒、右の二の腕から肩にかけて圧迫痛を覚えた――肩の骨にひび。

こういう具合である。いずれも整形外科でレントゲン撮影をしてもらうのだが、ひびは骨折と違って発見できにくいそうで、そうしたものがひびであると回を重ねるごとに納得するようになった。ひびとは言え痛み疼きの類は二ヶ月くらいつづいた。自然治癒を待つしか手はなく、ときに発熱などもあったりして、それこそ骨の折れる日々であった。

発熱

発熱と言えば、風邪をひいて三八度に上がっても透析にはいかなくてはならないときが何度もあった。咽喉がすぐに腫れ、そのあと熱が出る、というのが私のパターンだ。そのころは、いつ死んでもよいように透析に出かけるまえにシャワーを浴び身体を清めていた。高熱の際も実行した。解熱剤を服《の》み、下がったところを見計らって、シャワーを浴び用意する。するとまた熱が出てくるので再度解熱剤を。そして着込んで外に出てタクシーを拾い、いざ病院へ、といった次第。こうしたことを何度も繰り返した。インフルエンザにも二度罹患したが、その際も妻の車の運転で週三回の透析に向わなくてはならない。隔離室で治療を受ける。こうしたときほど、透析を受けねば死に直結するという厳しさを痛感するときはない。

ただ、下痢を引き起こさないようには努めた。透析中、血流を止めてもらってトイレに立つなど至難の業だし気分的に厭だろうと予測できたからだ。

食生活の変化

明るい話も書いておこう。しかしこれも（ステロイドの）副作用のせいなのだが、食欲がやたらと出たのだった。

移植後の食生活の指導は退院時に受けた。それによると脂っこい洋食・中華系よりも淡泊な和食系を主に摂るよう薦められた。医学的表現をすれば、糖尿病（予防）食が最適ということだった。けれども透析時代の食事制限を解かれてやっと自由に好きなものを食べられるようになったので、その種の話には上の空であった。

三〇歳を過ぎた私は食事の好みも変わり、三食プラス夜食の生活がはじまった。移植直後五〇キロだった体重が一時期六五キロにまで増えた。体重増加は腰の骨に負担をもたらすから節食を心掛けること、という忠告も右から左へと抜けていったが、さすがに六五キロになったときは、ムーンフェイスを超越した丸顔と化しており、羞恥心に駆られてダイエットを決意した。それでもこれまでの人生の中で食べることをこんなに愉しんだ、愉しめた時期はなかった。

次の小見出し「白身の魚」は、移植後ちょうど二年目の、ステロイドによる副作用で鬱《うつ》状態がつづいているが、もうじき抜け出せるときのものである。食欲の方は欝とは無縁だった。

白身の魚

食事の好みはやはり変わるものなのかもしれない。私は健啖《けんたん》家でも美食家でもないが、好みというものはわりと一定してきた。それは普通の人とほとんど変わりがないと思う。というのも、小さいときはハンバーグとカレーライスとオムライスが好き、魚類よりも肉類が好き、味の濃いものが好きで、二〇代になってからもこの嗜好《しこう》がつづいた。

しかし、三〇を過ぎてから徐々に変わりはじめてきたのに気づいた。豆腐、刺身、煮付け物といった淡泊なものが口に合うようになってきたのである。以前はお造りなど、なぜおいしいのかてんで判らなかった。刺身を食べるくらいなら、おかずなしでご飯だけですました方がどれほどいいかと思っていた。それがどうしたことか、この変わりようは。肉から魚へ、動物性タンパク質から植物性タンパク質へ、ソース味からしょうゆ味へ、とがらりと一転してしまったのである。外食のときでも、なるべく魚を使った料理を注文するようになった。白身の魚がこんなにおいしいとは想像もしていなかった。かみしめるように食べた。さらに一日一食は麺類を食べた。たとえば昼にたくさん食べると、夜は軽くそばにしてしまう。夜は食事のあとたいした仕事はせず、早目に寝てしまうので、あまり胃に負荷をかけないものを食べている。そばのときもあるし、ラーメンのときもあるし、パスタのときもある。昼麺類を食べるときには、たいていそばを二人前注文する。ざるそばに天ぷらそばといった寸法だ。さすがにざるそば一枚では夜まで保《も》たないからだ。朝はパンよりもご飯がおいしい。紅茶よりも熱い煎茶。純然たる和食好みだ。健康的にはカロリーを摂り過ぎないように心掛けている。肥《ふと》りたくないからだ。腎移植手術後、免疫抑制剤のせいで、必要以上に食欲がわき、食べに食べて、その結果ぶよぶよと肥ってきた。肥ることはやはりよくないので、食べない努力をした。同時に、舌の嗜好も和食好みに変わってきたので助かった。外国で暮らす機会があったらどうしようかと思うが、そのときはみそ、しょうゆ持参でいくより仕方ないと考えている。

微細なことと言えばあと少し思い出す。いまもそれで悩まされている。それは「バネ指」と「手根管《しゅこんかん》」である。バネ指は中指でも小指でもどの指でも間節が、カクンとまげるとバネのようにスムーズに元通りに伸びず、どう表現したらよいか戸惑うが、一気に伸びきらない。反対の手でぐいっと引き伸ばしてやる。痛みを刻んでやっと一本の指の形になる。カクンという音はもちろんしないが、うずくような痛みを生む。透析歴が長くなればなるほど、それだけバネ指に襲われる指が増えてきて、指も直角にまっすぐにならず、第一関節から上は、猫背の人のように、斜めに傾いている。手というものは、親指に合わせて立てると一直線にみえるものだが、もうばらばらだ。掌の五本の指は、よくみると第一関節が内側に傾いている。

バネ指の痛みを緩和するには、指の根本のちょっと腫れて痛い個所に、ステロイドの注射を打つ。ステロイド液は重く医師もゆっくりと注射するので、まさに激痛である。針先をみつめて歯を食いしばってこらえる。イターイと無意識のうちに叫んでいる。痛い理由はもう一つあって、複雑に入り組んだ掌の神経網に障るからだ。整形外科にはいくつかの担当者名が診察室のまえに掲示されている。「スポーツ」「手」などで、手を専門とする整形外科医がいるのだ。「リューマチ」というのも属しているが、こちらは専門性がより高い。

宇宙としての掌

ともあれ手は一つの宇宙を構成していて、手ごわい。掌をみつめてみれば一目瞭然だ。手相で占いをする易者が失業しないほどに、手相の元となる運命線、健康線、結婚線などの、医学的には神経と呼ばれる線の名称は豊かで、星座に喩えてもよいだろう。星占いがいまでも存続しているゆえんである。

さて注射をしても、痛みが和らぐだけでカクンという感覚は消えない。そのカクンを除去するには、指のつけ根の神経を切断すべく、局所麻酔で手術を受けることになる。この麻酔がきわめつけに痛い。激痛、まさにそのものである。皮膚の底を突き刺すような痛みが、麻酔注入とともに掌が悲鳴を上げる。麻酔を打っているうちに麻酔が効いてくる、という手合いでは収まらない。麻酔が麻酔を呼び起こさないのだ。

これは「手根管」の手術のときも同様だ。手根管というのは、「手」の「根」と記すように「手首」の裡の神経にアミロイドという色素が沈着して、これが神経を刺激して手首から先を痺《しび》れさせる。これが二番目の災難で、痺れのひどさで朝方、目をさましてしまうときもしばしばだ。手首がじーんとしてくると、どんな痛みの折もそうだが、そこに気持ちが集中して、他に頭がまわらない。

これも透析の副作用だそうだ。アミロイドまで透析が出来ないのだろう。ダイアライザーの網目より色素の方が大きくて抜けきれないのだ。そこでこれも局所麻酔で、手首を開いてアミロイドを掻き出す。バネ指の際の手術もそうだが、先輩医師と後輩医師との二人が執刀する。両医師で相談、あるいは先輩が後輩を指導するかたちで進んでゆく。三〇分くらいかかる。繰り返しになるが、麻酔の注射による痛みが辛辣だ。患者と医師との間には、青色のビニールの区切りが設けられているので、術部はみえない。だが、二人の声が聞こえる。あるとき二人でなく、手根管の手術を得意だと称する若手医師が独りで執刀した。ところが術中、「澤井さん、いま神経にさわってますよ」と、何気なくつぶやいた。二人だったらよもや口に出ない文言だ。いくら麻酔が効いていても、怖いことを言う医者だと思った。「神経に……」がよくない。医師としても批難されるべき発言だろう。こうした無神経な医師がいるから、医療側はなかなか信頼を得られない。わが身をつねってひとの痛さを知れ！　である。

カルシウム

最後はカルシウムが関わってくる。透析者それぞれだが、骨にまでカルシウムが往き届かず、骨が弱くなって「骨粗鬆症」になりかねない。カルシウムの代謝が鈍くなるからだ。幸い私は免れているが、幸か不幸か、手の爪にまでカルシウムが回って来ず（つまり骨を支えるまでは何とか保っているが）、爪は置き去りにされ、その結果、割れたりむけたりする。爪を切っても、その後の状態が面倒で、短くしてもきれいにそろわず、割れている箇所が必ずある。ヤスリをかけるが、弓形にそろわない。一、二か所欠けていて、ギザギザだ。爪先くらい、と思うだろうが、気持ちのうえでもタオルにでも触れると布地に引っかかって痛い。ささくれだって邪魔だが、小さな爪は指の力ではなかなか抜き取れない。爪切りでも矮小すぎて切り取れない。手で無理やり引っこぬくしか手はない。一瞬の痛みが走る。取れたときの安堵の念といったら、最高だ！

打ち身

さて爪が皮膚の一部なら、私の皮膚は知らぬ間に打ち身（内出血）で、痣《あざ》が出来ていることが多い。ふと気づくと、二の腕に大きな、熟れすぎた林檎のような色をした、クレーターに似たものが出来ている。どこかにぶっつけたに違いない。痛みでなく色で顕われる。これは長年の透析で「血管壁」が弱くなってしまったがために、毛細血管（あるいは静脈）が外圧に耐えられずもろくなっているからだ。気分的にあまり良いものではないが、最近は発見しても、ああ、またか、と諦めている。それよりどこで打ち身が出来たかのほうが気になる。そうした打撃を受けてもいないのに、と。微細なことはおそらくまだあるだろう。大げさに言えば、自分を自分で操作できなくなりつつある。いかなる形容詞でもあらわせない苦痛に出遭う。

5　インターフェロン

C型肝炎

『いのちの水際を生きる』を出版したのが移植手術後四年目（三八歳）に当たり、

最初の関門である五年目をなんとか越えられそうな、それを裏づけ得るほどの体調のよさを実感していた。月一回の定期検診でも異常は発見されず経過は良好だった。

ところが出版の年の秋、肝臓の指標データ（GOT、GPT）が上昇し出しているのが判明し、事の重大さに肝臓内科を紹介され受診した。

内科医はデータを凝視しながら、外科でも言われて来ていると思うが、これはC型肝炎のような気がするので肝エコーと肝生検をして確認したい、と説明した。内科に廻されるとき移植医からひょっとしたらC型かもしれぬと予告され、それだから早目の受診を薦められていたので、内科医の言葉にさほど驚きはなかった。

C型肝炎は、A型・B型とある肝炎のうちのひとつだが、長い間発見されず最近になってようやくC型の名称で呼ばれるようになったウイルス性の肝炎である。一定期間潜伏してやがて肝硬変に至らしめ死を招来する。治療の手立ては癌の特効薬として誕生したインターフェロンを一定の期間投与する。C型にもいろいろあり、インターフェロンの種類もさまざまで、ぴったり合って完治に向かう率は高いとは言えないらしい（現在では完治が可能である）。

どうしてウイルスが入り込んだのか不思議だと首をかしげると、輸血の経験を訊かれ、即座に移植手術時の輸血を思い出した。そこでやられたな、といかにも悔し気にうなだれる専門医の姿からは、C型肝炎と闘っている情熱がうかがえた。

肝エコーはその病院で、肝生検は滋賀県の病院で受けた。大学付属病院になると、言葉は悪いが植民地的病院を近辺の市町村に設けており、これまでも二、三回、遠出して受診したことがあった。

肝生検

滋賀県の病院では一日入院をした。医師に背中を向ける形で横になり、針を肝臓まで差し入れて組織を針の先端の「引っ掛け」で奪い取ってくるのだが、ショット・ガンのような装置で針が撃ち込まれる。絶対に動かないで、と注意されてもはらはらどきどきだ。処置後、肝臓は出血が大きいので横になったままの安静状態が深夜までつづいた。一ヶ月ほどで結果が出、やはりC型肝炎であった。ご明察といきたいところだが、肝臓を悪化させ最悪の場合肝不全に陥っても透析のような治療はなく、その点腎臓より深刻に愁うるべき臓器である。極端な話、腎臓より肝臓の方が大切ということになる（「肝腎」という言葉でよく判る）。

ともかくインターフェロンの投与を受ける意思を伝えた。ところがこれもまた厄介で、強烈な薬だから発熱や嘔吐などの副作用を伴い、そのため一週間近く入院して試験的に投与して、副作用の有無をはじめとして体調の変化を調べるのだという。時期的に年末年始へと向かっており、それほど急がなくともまだ大丈夫ということなので、春休みの間の入院をお願いして予約した。

稀な事例

一難去ってまた一難とはよく言ったもので、休むひまもない。飽くことなく次々と訪れる〈病〉や〈障害〉を乗り超えていくのが私に課せられた使命のようであり、そういう意味で平穏な日々には縁遠いのかもしれない。

一週間の入院中、筋肉注射による投与を受けたが、発熱したのはいちどきりで、無事退院し、あとはかかり付けの医院で注射してもらうことになった。副作用のひとつに鬱病もあって、私は愉しみにしていた。あらかじめ判っているのだから今度こそは負けないぞと挑む気持があった。しかし一回の発熱以外副作用は何も顕われなかった。

九三年（三九歳）の春から夏にかけてインターフェロンの治療下にあった私は、術後五年目を腎機能良好のうちに迎えた。

ところが八月初めの定期検診の日、腎機能指標値の中で最重要とされるクレアチニン（筋肉組織中にあるアミノ酸の一つ。運動エネルギーのもととなり、腎臓で処理される）が上昇の傾向にあることが判明した。正常値で一・〇以下なのだが、一・五になっていた（この五年間、一・〇を越えたことはなかった。個人差はあるが、だいたい八以上になると厳重注意で、すでに透析導入の圏内に入る）。

ただちに一時間で結果の出る緊急検査が行われたが、結果は同じく一・〇をはるかに上廻っていた。様子をみようということになって病院をあとにしたものの、また〈難〉がやって来た。やれやれと溜息が出るばかりだ。

これに反してC型肝炎の方は、医師も驚くほど順調に治っていった。インターフェロンがぴったりウイルスに合ったとかで、きわめて稀な事例だという。相変わらず（稀有がつづいている）私だが、今回は肝臓だったので正直、ほっとした。

肝臓内科受診の折、移植腎悪化の兆しを伝えると、医師は顔を曇らせ、インターフェロンを中止しようかと提案した。腎機能低下の原因は不明である旨を言うと、彼はしばらく考えてから、もう少しで終了だからとりあえず続行する方針を示した。

腎臓の方は定期受診のたびに緊急検査をするのだが、データは思わしくなかった。移植医も原因究明に力を注いでくれたが不詳のままなので、腎生検を行なって調べることとなった。

ご対面

このため秋も深まったある日私は入院した。肝生検のときと違って今度は仰向けに寝て、右脇腹下に植えられてある移植腎に針を刺し、組織を採るのである。目の前にモニター・テレビが設置されていて、私ははじめて移植腎と「ご対面」を果たした。おはぎのような形をしており、小波《さざなみ》に細かく揉まれているように収縮を繰り返している。

自分のものであって自分のものでない移植腎だが、ちゃんと生きているんだな、と五分後には針が刺されるというのに、深い感動に浸っていた。〈いのち〉だとはっきり思った。

針は若い医師が刺すのだが、へたなのか恐がっているのか、腎内部（腎盂《じんう》）まで針先が届かない。モニターにすべて映し出され、こちらは気が気でない。指導する立場の先輩医師から何度も叱られて、四回目でやっと成功した。麻酔の切れる寸前だった。大学病院だから医師養成の教育病院として仕方ないと諦め、彼も失敗しながら一人前の医師に成長していくのだろうと鷹揚に構えつつも、やはりもうやめてくれと叫びたかった。

中枢への攻撃

結果は、移植腎内部の大きな血管に目下異常は見られないが、小さな血管はほぼつぶれてしまっている、ということで、典型的な慢性拒絶反応（移植手術後すぐに起こるのは急性拒絶反応と呼ばれる）であるという。当時の移植医学では治療方法は発見されておらず、経過を見守るしか術《すべ》はないらしい。

「つまり放置ですか」

「残念だけど、あと何年保《も》つかですね」

「クレアチニンの値が少しずつ上がっていくわけですね、具体的には」

「そうです。血管を膨張させて尿の出をよくする薬を、ある時点から用いてもいいですが、出血しやすくなります」

「内出血ですね」

「ええ、皮膚が、熟し過ぎてぶよぶよとなり、つぶれてしまったリンゴのようになるときも多々あります」

「その種の薬は結構です」

即座に断ると、腎の図を描いて懇ろに説明してくれた移植医は苦笑した。そして宙に視線を流して煙草でも燻《くゆ》らすような風情で、

「インターフェロンの副作用としか考えられない。腎生検でも原因はつかめなかったが、それしかないでしょう。悔しいなあ」

「肝臓と引き換えでしたね」

「ええ。残酷で不条理な話です」

私の移植腎は五年目を無事迎えたが、五年目の途中から右肩下がりの道程を歩むことがここに宣言された。慢性拒絶反応と命名されたわけだが、健常人ならさしずめ腎炎ということになろう。

この腎がいつ不全に陥るか、時間との戦いである。

私としては、二七歳のときの透析導入前後を一度目とすると、今回の悪化は二度目

の経験となるので、じっくりと醒めた目で身体を見つめていこうと決心した。

体験を活かして、距離を保ってゆとりの微笑さえ浮かべて、死へと向かう腎とつき合っていこう。そうすることで、知的な愉悦を得ることができるかもしれず、それは〈難〉を抱えた人間の役得でもある。

結果的にみて、インターフェロンの副作用が遅れてやって来たことになる。しかもちゃっかりと中枢を攻め立てたのだ。

6　家族とのイタリア・パリへの旅

イタリアへ

移植腎の機能が低下しつつある証拠に、夜中かならず、小用のために目がさまされる現象がつづいた。でも、多量尿には至っておらず、血圧も安定していたので、この際、家族そろってイタリア旅行に出かけてみようと思い立った。娘たちも、姉が中学校一年（一三歳）、妹が小学校四年（一〇歳）になっていたから、航空機での長旅でも大丈夫だろうと踏んで、かつ、父親の研究対象としている国の文化を少しでも知ってもらいたい、という切なる心持もあった。もう二度と家族で海外には行けないぎりぎりの線上にいるという予見もあった。妻も理解を示し、いまを逃しては他に行く機会はない、と賛成してくれた。

その一年前、およそ二〇年前に別れてそれっきりになっていた、高校時代の友人I夫妻と京都で再会していた。私は、彼が、パリにわたって一〇年目を迎え、バカロエアという国際的規模の学校の現代文学の講師をして、成功を納めていることを知った。Iとは高校一年生のときの同級生だが、互いに仲がよくて、久しぶりに会ったときは友人の頬を両手で押さえて、あぁ、Iも年齢を重ねたなぁ、とにわかに湧いてくる懐かしさとともに歳月の流れの速さを実感したものだ。私はその日、I夫妻を車で京都の名所へと案内し、愉快な一日を過ごした。

「イタリアまで来たら、フランスにも立ち寄ってくれよ」が、別れ際のI夫妻の言葉だった。

その言葉に乗ってやろうと考えた。イタリアをめぐったら列車でパリ見物としゃれこもう。三泊四日くらい逗留して、帰国する肚《はら》を決めた。連絡を取ると、待っている、との返事をくれた。

イタリア行は、パリ滞在も含めて夏休みの二週間と決めた。二人の娘は「旅行」ということで歓んだ。私たち家族は久方ぶりに羽根を伸ばす機会を得た。それでも私の移植腎はすでに右肩下がりの状態に陥っていた。

街にくり出す

イタリアを旅するのは今回（一九九七年八月）で三度目だが、家族を連れての、いわば私がガイド役を担う旅ははじめてである。夫として、父親として、責任がある。妻と娘二人に不満をもたせず不安に陥らせず、無事旅先を巡って帰国にまでいかにこぎつけるか、旅立つ前に悩んでも詮ないが、いろいろと思い描いてみて気の引き締まる思いがした。

イタリア語を曲がりなりにも読めて話せるのはもちろん私ひとりだ。言葉に不自由はないと思うが、これでもし全く解さないとなると、その気苦労のほどはおのずと予想がつく。ツアーに加わる旅ではない。都市間の移動の際の鉄道のチケットも自分たちで購入することになる。ホテルでの食事は朝食だけしかついてないから、昼と夜は街にくりだして飲食店を選ぶ必要がある。

すべてこちらが決定していかなくてはならない。しかし考えてみれば、これがごくあたりまえの旅ではないか。

国内旅行でも海外旅行でも、旅行業者の組み立てたパックやツアーがはびこりすぎて、旅の発見などといった新鮮な愉しみがなくなりつつある。企画された旅の場合、それだけ意外性が希薄となり、偶然の歓びに欠ける。

旅の非日常性をできるだけ味わうためには、めんどうくさいが、みずから立案し計画を練って出発する方がよいのではないか。むろんその反面、そうした旅は気楽ではないであろう。自分の意志と意向で動かねばならぬから身がほそる。

旅立つ前に私も覚悟を決めていた。今回は案内役に徹して、徹することに歓びを見出そうと。少し大げさでもあるが、訪れる国がイタリアであることを考慮に入れると、このくらいの心づもりはせねばと思われた。

国民的気質は、ある面できわめて似ているものの、多くの点で日本人とイタリア人は対極的位置にある。一言で表現するのは至難だが、誤解を恐れずに言うと、日本人が〈お節介〉だとすればイタリア人は〈放任〉である。

この二語にはさまざまな意味がこめられていて、内実をいちいち説明するのはむずかしいが、まずイメージとして掲《かか》げておきたい。

巨大な鍋の底

ローマ空港に到着したのは現地時間で夜の八時で、入国審査も荷物の受け取りもスムーズにいって、タクシーに乗車するまで三〇分とかからなかった。空はまだ明るく、過去の二度にわたる訪問を思い起こさせるイタリアの匂いが漂っていた。人工的な香料の香りで、沸き立つ何かべつのにおいを押しとどめているふうにも思えた。

タクシーの運転手は飛ばしに飛ばした。イタリアの車は日本の国産車よりもどことなく軽い感じがする。エンジンの音もグォウーンではなくて、クォウーンと鳴り響く。猪突猛進的な運転ぶりで、運転のための運転とも錯覚されて、こわくもある。シートベルトなどもちろんない。

古代ローマの城壁をくぐり抜けて旧市街地に入ったときはすっかり黄昏《たそがれ》ており、照明が灯り出していた。石畳の道路が油を流されたように照らし出されている。照明は石造りの建造物も橙色に染め上げている。

歴史的建造物がしだいに立ち現われてくるにつれ、その中を疾駆するタクシーは一個の玩具にすぎなくなる。私たちは古代・中世という巨大な鍋の底を歩む一匹の虫に等しい。石造りが造り出す圧倒的な時間の重みが、光に焙り出されて、私たち異邦の、しかも現代に生きる者たちに迫ってくる。

運転手が名を挙げて説明してくれる。カンピドリオ広場の下を通過したときには、ここら辺は是非散策するようにと促し、つづいてローマの七つの丘の名を挙げはじめた。しかし彼は五つまでしか言えなかった。

独りぼっち

ホテルに着いて部屋に入ったのは九時半より少し前だった。やっとここまで来た。京都のわが家の玄関を出てから二〇時間経過している。関空ではなく成田からの便だったので、朝六時には伊丹に向かうタクシーの中にいた。成田を出発したのは正午。チューリヒに一時間立ち寄って一四時間の飛行《フライト》。時差が七時間。頭の中でこの日一日のことがめまぐるしく想起される。疲労は感じられない（この日の夕食について、どこで何を食べたか、まったく覚えていない）。

妻と子供たちは荷物を広げて、ベッドに横になっている。隣り合わせのツインの部屋を二部屋予約しておいたのだが、下の娘は母親と離れたがらず、上の娘は父親と一緒の部屋は嫌だと言い張るので、結局私ひとりが一部屋を占領することになった。しかしなんとなくさみしい気がする。ベッドにもぐり込んだあとの話し相手がほしかった。

シャワーを浴びて三人のいる部屋に行った。娘たちはすでにパジャマに着替えてテレビをみている。フランス語の番組が流れている。彼女らにはイタリア語もフランス語もなく、あるとしたら英語だけであろう。英語を習いたての上の娘をはじめとして、二人にとって外国語とはイングリッシュを意味するのである。下の娘に至っては、出発の二日前になっても、あさってアメリカに行くんやろ、と言っていた始末だ。

大学生の頃から一〇余年親しんできたイタリアという国と文化を、是非みてもらおうという親心などは叶わない希望的観測でしかないのだろうか。

すぐさまテレビを見始めた娘たちを眺めながら私は溜息がもれた。中一や小四ではまだ早いかもしれない。しかし高校生と中学生という三、四年先の学年的組み合わせのときは、彼女たちがもう親と旅をしたがらないのではないか。自分の経験に則して考えてみるに、そうだと確信できるものがある。チャンスは今年しかない。私と妻とはそう決心したのだ。だが姉がちょうど反抗期だった。旅という餌で釣った。イタリアで釣ったのではなかった。

床に就いたのは一一時近かった。しかし眠くなどさらさらなく、頭は冴えわたっていた。飛行機の中であまり眠らなかったのだから眠れるはずだと思うのだが、神経が昂ぶっているのか、目を閉じても睡魔は襲ってこず、結局徹夜してしまった。妻と娘たちは熟睡したようだ。

乗車券

朝食後、着いた翌日に行なう最初の大切な用事、列車の乗車券と指定席の予約が待っていた。都市間の移動は、たとえそれが短時間であろうとも、絶対、特急を利用しようと決めていた。急行や普通は混雑するや遅れるやで、安いけれど疲れるのが関の山だから、子供同伴での旅では特急の快適さを活用するのが得策なのだ。

ローマ→フィレンツェ→ミラノ、ミラノ→パリ、の各区間のチケットの乗車券と指定席を一気に買ってしまおうという肚だ。これを確実にしなければ、落ち着いてローマ見物などできない。まずは足の確保だ。

私には、考えがあった。ローマ駅で決して買うまいと。一一年前はじめてローマを訪れたとき体験した、あの長蛇の列と要領が悪く遅いの極みである駅員の仕事ぶりにうんざりしていたからだ。それにクレジットカードさえ使えない不便さのせいもあった。

旅行代理店を探して、そこでカードで買おうと決めていた。

八時五〇分頃、部屋で本を読んでいたいという長女を残して、妻と下の娘と三人でホテルを出た。出がけにフロントで近所に代理店のあることを確かめた。
二、三回道を曲がっていくと代理店があったが、八月末まで夏休みの札が玄関にかかっていた。ヴァカンスの時期に当たっていて、私ははっとそうかと気づかされた。となると駅しかなく、私たちはテルミニ駅（ローマ駅）に向かった。
気が進まなかったが、駅の近くのホテルなのだから駅に赴くしかない。一一年前と違って、カード利用が出来、まだ朝早いから長蛇の列になっていなければいいのだが。

テルミニ駅の中には銀行をはじめとして、飲食店、雑貨店などが入っていて、さながら小さなデパートの体をなしている。チケット売場は、国内線、国際線、指定席の三つのコーナーに大きく分かれている。

国内線の窓口はどれも果たして長蛇の列。国際線はまばら。指定席は少々、といった具合だ。近づくとアメリカン・エキスプレスのマークが貼ってあり、ほっとした。

ずさんなカード処理

指定席の窓口のすいている所に並ぶ。私の前に三人いる。それでも三〇分近く待ってやっと購入。だがカードを使う客が少ないらしく、カードの処理に手間取り、かえって時間がかかった。ミラノ、パリ間の乗車券だけ国際線の窓口で求めてくれと言うので、急ぎ国際線の窓口に向かう。

やはり私の前に三人いる。順番はわりと早くきたが、カード処理に一〇分以上かかって、いらいらした。係員が窓口を離れたきりもどってこず、やっと帰ってきてカードを返してくれるとき、後ろの列からどなり声がした。遅い、どこに行っていたんだという罵声だ。日本でなら無視して作業をつづけるが、どなられた係員が急に立ち上がり、私のカードを高々と示しながら、このために遅くなったんだ、静かにしろとやり返し、席につくとチケットとカードをぽんと私の手許に放り投げてよこした。

不快な気分になりつつも、これでチケットはなんとか買えたとほっとして、待ちくたびれていた妻と娘とホテルに向かった。

これはパリに行って改めてイタリアを振り返って感じたのだが、フランス人がカードを多用するのに反してイタリア人はニコニコ現金払いを励行している、ということだ。カードを所有しているイタリア人が少ないのか、持とうとしないのか、持ちたくとも所得が低くて持てないのか。

よく判らぬが、どうもなんとなく貧しいな、という印象を拭いきれない。カードの処理にあたふたするカード利用可能国など、私の感覚では信じられなかった。ただしこれはテルミニ駅だけのことであって、商店や飲食店はてきぱきとやってくれた。

カンピドリオ広場

「カンピドリオ広場」は俯瞰写真で知っていた。丘の上にあるミケランジェロ設計の幾何学的模様の美しい広場である。ところが実際に丘を登って目の前に開けてくる広場はよごれていて、写真とは別物だった。もちろん鳥瞰できないので、構図の芸術性など鑑賞する余地はないが、それにしても清掃くらいしたらどうだと苦言を呈したいほどだ。

広場の奥からは、フォロ・ロマーノの遺跡が眺望できる。丘を下ればたどり着くことも可能だ。娘たちに行ってみようか、と誘うと、「ガラクタばかりで嫌だ」と速答された。なるほど娘たちの反応に嘘はない。所詮、ローマ時代の廃墟なのだから――しかし初期ルネサンス期の桂冠詩人ペトラルカ（一三〇四―七四年）は、この廃墟の中を巡って涙したと言うではないか。でも、娘たちには全く関心のないことなのだ。

その日はそのままホテルに戻って、ホテルの並びにあるトラットリーアで夕食を摂った。明るい店内で、出てくる料理もとても満足のいく、フレスコ（新鮮な）、サポリート（風味豊かな）のイタリア料理の二大原則をクリアしていた。

市街観光

翌日は、市街観光（日本人も可）という用紙に申し込んでいたので、ホテルにバスが迎えに来るのを早朝から待っていた。「日本人も可」というのは、イタリア人ガイドは、伊・仏・独・西・英を話せるのだが、言語体系が異なる日本語になると、全く無理だからだ。日本人には日本人のガイドがつくことになる。日本から観光客が増加しつつある時期だったので、脱サラや旅行好きの人がいて、ガイドとして仕事をするようになったのだろう。

それは、日本のバスガイドと違って、イタリアではガイドは公務員として生活も身分も保証されている、比較的地位の高い職業だからだ。

私たちのほかにもたくさんの日本人がいた。ガイドは、二〇代後半と見られる背の高い女性で、白いブラウスを着て清潔感の漂っている人だった。

廻るところはお決まりのコースだ。トレヴィの泉、スペイン広場、パンテオン、サン・タンジェロ城、買い物、ヴァティカン市国（サン・ピエトロ大聖堂）といった具合だ。それに古代ローマ発展前の先住民だったエトルリア人やサムニウム人の遺跡見学もあった。この人たちはやがてローマを中心にして勢力をつけたラテン人に滅ぼされていく運命にある。英国の作家D・H・ロレンスにエトルリア人を扱った紀行書『エトルリアの故地』があるが、そこで描かれているのはもっと北のフィレンツェ周辺が舞台となっている。

最も印象に残ったのはパンテオンだった。球を半分にした形の建物で、中に入ると、天井の中央部分に穴があいていた。これでは雨天の日には雨が入ってくるだろうと思っていると、地上部分に傾斜した溝が穿たれていて、うまく排水されるようになっている、とガイドが説明した。

「それよりも、こうした半球形の建築物をどうやって造ったと思いますか」と訊いてきた。

パンテオンはギリシア風神殿なのだが、造築したのは、土木工事にきわめて秀でていたローマ人だ。

「諸説ありますが、神殿の形の土を盛って、石でおおって、時機が来たら中の土を外に排除したと言われています」

ガイドはこう説明した。単純な発想なのだが、そうでもしないと、中身が空間な建物は出来そうにもない。なるほどと私は頷いていた。そして優れた発想と技術だ、と感じ入った。

途中でどこかでみなで昼食を食べたはずだが、記憶からすっぽりと抜け落ちている。一日観光の昼食がまずいのは、次の日のポンペイ遺跡見学ツアーで思い知ったから、ローマ市街名所巡りの昼食が思い出にないのはもっともかもしれない。

ポンペイの遺跡

次の日も早朝から、ポンペイ遺跡ツアーに四人で出かけた。今回は、名称は失念したがどこかの広場に集合してチケットを求め、バスに乗車して出発という具合だ。往復六時間、あるいは八時間かかるときもあるらしい。半日がかりの旅である。

日本人は私たち家族四人だけ。それに三〇代前半の男性ガイドがついてくれた。とても親切な方で、大阪市立大を卒《で》て、サラリーマンをやったあと、脱サラしてイタリアにわたり、イタリア娘と結婚した、という。ガイド試験にも無事合格でき生活の基盤はすべてイタリアにある、とも言っていた。それにしても、長女が圧倒されたのは、イタリア人ガイドが、同じ内容の案内を、最初は伊語で、次に仏語、西語、独語、最後に英語で、といったふうに母語以外に四か国語を自在に操った、そのすごさにだった。聞き耳をたてている長女は目を白黒させ、ただただ胸を熱くしている様子だ。これがきっかけかどうかはっきり言えないが、後年、彼女は単科の国立の外国語大学に進学することになる。

バスは一路南下してまずナポリに向かった。途中、窓外から見えるさまざまな塔や教会のことを彼は座席の傍らまで来て、判りやすく解説してくれた。このツアーでも、昼食はパスタのまずさだけ印象に残っていて、そのせいか美味の国イタリアのイメージは湧いてこなかった。食べた場所もすっかり忘却の彼方だ。

ナポリはバスで新城《カステル・ヌオーヴォ》の周辺を一周しただけで、その間に、ナポリが相対的に貧しいコムーネ（共同体）だと熱のこもった説明がなされた。一九世紀半ばに岩倉使節団が訪れたときに、ナポリがこれまで見物した都市の中でいちばん不潔な国だ、と久米邦武の筆にあり、とりわけ賤民《リッザローネ》が汚いと述べていたが……。

私たちはナポリ湾沿岸にある、カンツォーネで有名なサンタ・ルチアで下車した。岸壁から港を眺める格好になるのだが、海は穏やかでコバルト・ブルーに光り輝き、のんびりした気分にひたれた。左手にはヴェスヴィオ山が眺望でき、一幅の美味な風景画が連想された。ぼおっとした感覚でたたずんでいる四人の傍らにガイド氏が来て、ナポリ以南は私の案内領域ではなくなるから、また帰りに会いましょう、と告げた。ナポリ以南、ポンペイまでは地元の大御所のガイドの縄張りで、私などが加わったらナポリ湾に沈められるのがオチですからと、さも身震いするように肩をすくめた。

ガイドにも専門地区があるのだろう。互いに得意な地域を持って共存していると思える。

乗車後は、小太りの中年のイタリア女性がガイドを勤めることになった（しかし、ここら辺の記憶もあいまいで、先刻のガイド氏がポンペイまで同行してくれて、ポンペイ内部を案内してくれたのが、この中年女性ガイドだったかもしれない）。

遺跡入口の両脇に『ポンペイ』という名の各国語に訳されたガイド・ブックを売っている店屋が何軒か並んでいる。この手のガイド・ブックはどこの名所でも販売していたが、日本語訳版がたいてい揃っていなかった。私などイタリア語の原本を買えば済むことなのだが、日本語訳の方が読みやすいにきまっている。以前、いまだ原因は不明のままだが、読めないドイツ語訳版を買ってしまい、帰国して気づいて往生したことがある。

ポンペイでは珍しいことに、日本語訳版も売っていた。手に取ってみると、図版は見事だが、訳が直訳で、読めたものではない。欲しかったが、棚に戻した(いまごろになって買っておけばよかったと残念に思っている)。

人波に押されて、遺跡の中にいつのまにか入ってしまっている。都市空間に至るまでに、前庭に似た広場を通過していった。娘たちも、これまでのローマ市街観光とは打って変わって、目をキラキラ輝かせている。何千年もの昔に火山の噴火によって埋もれてしまった街、それが全域とまではいかないけれど、見物できるくらいの広さまで発掘・整備されている。こういう説明を聞いただけでも胸を踊らせるのに充分なのだろう。これは大人とて同じだろう。

フィレンツェへ

次の日は特急でフィレンツェに向かった。私と妻には、若くして癌で他界したMちゃんのマンションを是非もういちど訪ねてみたい気持が強かった。ホテルは政庁前広場《シニョリーア》のすぐ近くで、昔の国会議事堂を改築した瀟洒で小体《こてい》な造りの、いまはやりの「かわいい」建物だった。娘たちは部屋も気に入ったようで、ベッドの上で飛び跳ねている。これで助かった。私と妻は二度目のフィレンツェにあたる。ドゥオーモやウッフィツィ美術館の前には、一年前とは打ってかわって、早朝から長蛇の列。娘たちには気の毒だが、名所の見学を中止して、私と妻は、Mちゃんのかつての住居を探すためにヴェッキオ橋をわたった。この橋は両側に主に貴金属を売る店が並んでいて、娘たちは退屈しなかった。なにせ長女がちょうど反抗期に入っていて、この娘《こ》の扱いに手を焼く毎日だった。下の娘はここがイタリアであることがいまだに判っていないらしく、もっぱらアメリカを旅していると勘違いして、帰国してからも「また、アメリカへ行こうな」と言い出すほどだったのだから、少々年齢的に早すぎたか、と反省したものだ。

Mちゃんのマンションはなかなかみつけられず、だいたいの方角は判るのだが、これだ、というものに行き当たらなかった。歯がゆい思いを抱いて、ピッティ宮殿前の広大な石造りの針面の石畳の上で、みなで日向ぼっこをした。イタリアの陽光はそれほどの充溢感を与えてくれる。

翌日はこれもバスで、フィレンツェ近郊のシエナ、サン・ジィミニャーノなどの小都市を観光して、買い物にあけくれた。

フィレンツェ近郊

翌日は土曜日で、ブランド・ショップが休みで気が安らいだ。次の日はミラノに立ち寄ったが、日曜日にあたり、また安堵した。妻はいかにも残念さを隠し切れずにいたが、私の方は出費が嵩むことがなく過ごせそうで晴れ晴れした気分だ。

ここでフィレンツェの旅に高校の同期生（私はこういう健康状態のせいで、検査入院で高校二年生を半年休学していて、翌年、一年下のクラスに入り直しているので、四年間の高校生活を送っている。だから入学同期と卒業同期がいて、いずれも多士済々だ。）が花を添えてくれた。

Mご夫妻

そのうち高校卒業同期で数学者のMご夫妻（夫人［N子医師］は脳神経内科の先生）もフィレンツェを訪れていて、現地で食事をする約束を交わしていた。確か夫人のほうに用事（医学会）があったと記憶していて、同僚の男性医師と三人で私たちと会食した。

ちょうど白夜で、夜はなかなか暮れず、政庁前広場のとあるリストランテで、ゆっくりと時を経ながら暮れなずんでゆく高い空のもと、娘たちともども絶品のイタリア料理とワインを心ゆくまで味わった。M夫妻は娘たちを幼少期より知っていて、とても可愛がってくれ、親としてもいつも感謝の念にたえない。彼らは趣味がよく、イタリアでの最初の宿泊地はシエナ？　郊外の古風な修道院で、きわめて満足した、と語っていた。フィレンツェでも、私たちのようにアメックスで安易な予約をするのではなく、街中の込み入った奥の由緒正しき宿をとったはずだ。

食事のあと、M夫妻は教会でのオルガンの演奏を聴きにいく予定で（イタリアでは、このような小規模な演奏会が夜、頻繁に街角の教会で、それも安価で行われていて、当日券でも席は充分予約可能だ。バロックの演奏会もあって、石造りの教会内での演奏だから、響きが出色で期せずして酔ってしまう）、私たちも誘われたが、なにせ私がもう頻尿期になっているので辞退したら、M夫妻が途中で演奏会を抜けて私たちの宿に立ち寄ってくれると言う。いいのか、と問うたときには、娘たちがすでに聞き知って、来てね、と懇願している。宿の場所を説明すると、一時間後にきちんと訪ねてくれた。この律儀さには頭が下がる。娘たちは大歓びだ。娘たちが社会に出た後も、なにかとお世話になっており、私たち夫婦とは今でも年二回、京都で会食をしている仲だ。次女の結婚式にも参席していただいた。

ミラノからパリへ

ミラノから列車でパリに向かったのは、それから二日後である。ミラノでは大聖堂の前庭で鳩に餌をやって遊んだり、聖堂の屋上まで上ったりした。高所恐怖症の妻は、途中で足を止めてしまって頂上まで昇りきれなかった。

土曜、日曜と店舗は閉まっていたので、シャッターの下りている店の前の歩道を往ったり来たりした。ダ・ヴィンチ像も、スカラ座も見ることができた。

ミラノからパリ行きの列車はアルプス山脈を直接越えずに、平野部をうまく通り抜けていった。フランスはやはり農業大国である。都市とか町がない平野を、列車はただひたすら北進してゆく。

座席は指定席だったが、私ひとりだけが車両が違って、妻と娘二人は隣の車両に坐っていた。その車には、途中から林間学校を終えた生徒たちが乗り込んできたらしく、荷物の搬入や何やらで相当時間に食い込んで発車した。彼らは歌を歌い、騒ぎまくった。隣の車両の私の耳にも届いてきた。

パリにやっと到着

パリには二時間近くも遅れて到着した。

迎えに来てくれていたIに、こんなに待たせてしまってすまん、と謝ると、意外とケロリとしていた。しょっちゅうあることなのだろう。Iのアパート近くの宿にはバスで向かうことになった。

私はここで肩の荷がやっと降りた気がした。イタリア語とさようならして、フランス語の堪能なIにすべて一任することができる——その安逸さに酔いしれたと言っても過言ではない。

目にする看板や掲示板の文字はイタリア語によく似ていて、意味はだいたい判る。バスのチケットの扱いやバスの内部がイタリアとは全く違っていた。

Iは、家族四人がゆっくり過ごせるようにとホテルではなく、滞在型ホテルを予約してくれていた。台所用品や冷蔵庫などがみな揃っていて、宿泊者は、自炊生活を愉しめるようになっている。ほんの一時、パリでの生活者となる仕組だ。

パリの広場は、広場を中心に道が放射線状にわかれている。イタリアはそういう広場もあるが、必ずしもそういう形にはなっていない。

パリへ着いたんだな、と改めて実感した。

I夫妻の手厚い持てなしを受け、モンマルトルの丘（ここで妻は似顔絵を描いてもらった）や、イタリアで盛んに娘（特に長女）が叫んでいたデパート巡りができた（イタリアには日本的な百貨店はなく、いわゆるどれも専門店である)。パリで廻った、イタリアより大きい規模の店舗がデパートであるかどうか判然としないが、日本の大手デパートの支店があったのは覚えている。Iは、パリの日本人会の代表をしているらしく、どこに出かけても知り合いがいて、パリでの充たされた生活ぶりを垣間みさせてもらった。サンジェリビを歩いていると、教え子に声をかけられていた。日本帰国のときは百名を超えるバカロエア卒業生がIを囲んで祝賀会を開いてくれるらしい。現代文を教えていて、小論文の指導について日本の某予備校の方法を批判していた。

I夫人のUさんは、娘たちがせがむカレーライスをこしらえて滞在型ホテルまで鍋ごと運んできて下さって、六人で日本の味を愉しんだ。

デパートめぐり

小型の背負いのバッグを求めていた長女だが、気に入ったのがないらしく、都合三店くらいデパートをあたったのだが、みつからなくて、反抗期も手伝ってか、ふてくされていた。次女の方は、百貨店のクジを引いたら一等が当たって、ブランド物のバッグを獲得。すぐさま妻の手にわたった。明暗をわけた姉妹をまのあたりにして、言葉がなかった。

I夫妻は、私たちを自宅に招いて夕食会を開いてくれた。イタリアのアパートとはなんとなく雰囲気の異なる、しかし石造りは同じの、細長い（奥の深い）住居だった。用意された料理は、ほとんどがオーガニック食材で、メロンと生ハムなどの前菜にはじまって、鴨の胸肉を焼いた薄切りにオレンジマーマレードをのせるといった、心を砕いた品々が食卓を飾った。私にはもの珍しいものばかりで、妻も娘も進んでナイフとフォークを動かしていた。

グルメでも何でもない、食に無頓着な私だが、こういう料理も食べつづけていると、やがて美食家になってしまうか、あるいは粗食の味が懐かしくてまた元の非グルメ派に戻ってしまうか……。事実、私はいまだにグルメでも食通でもない（イタリア文化を専門としているから、よく勘違いされて、料理の話をされて困惑することがある。どうもそういう風にみえるらしいので、当惑することもしばしばだ）。

フランスにパスタ料理はなく、昼食は日本で言うサンドウィッチやパリ名物のそばのクレープの類が多かった。イタリアのレストランの最高級料理はフランス料理と相場が決まっているのだが、私はフレスコ、サポリートを重んずる庶民派のピッツァやパスタで充分だ。

7　再透析

ハングリー精神

慢性拒絶反応の宣告を受け治療の余地なしと言いわたされて、健康上では逆風が吹きはじめた、移植手術後五年目の三九歳の私だったが、低下しつつあるデータを横目に見ながら、以後公私ともども充実した日々を送った。

創作ではじめて商業誌に小説が掲載された――「遺産」（『新潮』一九九五年六月号）。イタリアルネサンス文化の研究・紹介の方も、毎年のように著書か訳書を出版し、一連の活動が評価されて所属する学会から奨励賞が授与された「第三回　地中海学会ヘレンド賞」（一九九八年七月）。

しかし業績のわりには大学の専任職に恵まれない日々がつづいた。身体のせいかと訝ってもみたが、透析者の中には大学の教員もいるくらいだから、移植者にも職のないはずはなかろう。

しかし当時はこれも縁か運かとうっちゃって予備校で英語指導に勤しんだ。大学の専任になって地位と安定に甘んじてハングリー精神を失って惚けてしまうより、社会的身分もなく収入も一定ではないが、創造と思索を執筆活動に向けられ、時間を保有できる方が仕合わせなのではないかと考えた。四〇歳過ぎたら時間との闘いで、時間こそすべて、生命である。安定を取るか時間を取るか——それだけのことなのだ。

けれども、たとえ時間を選んだにしても、体調が良好でなければうまく事が運ばない。私の場合、体調どころでなくすぐさま生命の危機と直結するので、慎重を要した。クレアチニンの値は二・五のまま悪いなりに安定し、これが三年くらいつづいた。当時他人《ひと》から健康状態を訊かれると、よく中空飛行と答えたものだ。

夏期集中講義

ある大学の夏期集中講義に呼ばれ、私は初めて四国の地を踏んだ。一週間の予定で教育学部の学生に「ルネサンス文化」をテーマに講義をする。優秀な学生諸君に囲まれ、授業自体は愉しかったし、私を招いてくださった先生が市街の名所旧跡を案内してくださって、一日はすぐに過ぎた。しかし夜がつらかった。深い眠りが尿意によって破られ、トイレへと向かわざるを得ないのだった。毎晩毎晩つづいた。トイレからもどると寝つけず、これまた難儀なことだった。

後日医師に夜間尿の件を問うと、もう腎機能の劣化だと教えられた。即日透析に入るまでの数週間を思い出した。同じく夜にトイレに立ち、おまけに喉が渇き、そのときは水を飲んだものだ。

京都の自宅に帰っても夜間尿が継続した。熟睡が出来ず、睡眠不足に陥った。

有機的ネットワーク

ヘマトクリット（血液中の赤血球の濃さ）はとうに三〇を切っており（健康な男性で四五前後、女性は四〇前後、移植者は三〇前後がよしとされる）、さらに下降しつつあった。九八年（四四歳）春、赤血球造成のため鉄剤の服用が始まった。ヘマトクリットが下がると血中に酸素が運ばれにくくなるので息苦しくなり、それをなんとかしようと心臓が拍動を高め、そのため血圧が上昇していく。

尿の出もしだいに悪くなり、結果として水が体内に溜まり出し、余計な水分を排出しようと心臓が必要以上に伸縮し、これも血圧の上がる原因となった。

すべてが腎臓ひとつの機能不全化によって悪循環に陥る。身体は有機的ネットワークであり、文字どおり血液を媒介として循環の関係にある。その血液を濾過する腎臓が能力を失っていくのだから、水分や毒素が身体から抜けずに蓄積し、肉体を死へと導いていく。

九八年の春（宣告から五年目、移植後一〇年目、四四歳）以降、食欲が落ち、毎晩尿意で起こされ、多量尿を経験したあと、一日の尿量が減少し、身体がやせていった。しかし図式的な説明だが、やせて窪んだ所に排出し切れない水が溜まって体重に変化が見られなかったので、やせたとは気づかなかった——水ぶくれ（浮腫だらけ）だったことになる。

悪化してゆく日々

九八年の一一月末のことだ。

予備校で授業を終えて講師室に戻ってきて手を洗って拭いた際、ついでに鼻もかむと、ペーパー・タオルに鼻血が一筋ついた。あれっ？　と思った。次の休み時間またかむと再び一筋の鼻血。これが一一月二七日金曜日。

以下、再透析に入る一二月四日金曜日までの一週間をドキュメント風に描いてみよう。

一一月二七日（金）　予備校で鼻血を確認するも、午後八時二〇分まで授業をして帰宅。妻に血圧を計ってもらう。二二〇―一七〇。いよいよ来たかと思う。早めに就寝。夜中尿意。話は前後するが、この頃には階段の昇り下り、蒲団の上げ下げが困難になっていた。（ヘマトクリットが二〇前後、赤血球増進のために処方されているはずの鉄剤がさっぱり効力を発揮してくれない。移植医はヘマトが二〇を切ったらエスポー〔エリスドポエチンの商品名〕という赤血球増進薬を注射すると言っていた。しかしその処置は遅すぎた）。

一一月二八日（土）　様子を見ようということで朝からごろごろしていた。血圧は高いまま。安静が一番。降圧剤がないので、かかりつけの内科医に電話で容態を話し処方を頼み、妻に車で取りに行ってもらう。降圧剤服用で気分的に楽になる。夜には一七〇―九〇まで下がり、ほっとする。それでも心配なのでN子医師に連絡を取って相談する。彼女は明朝大学付属病院の救急外来へ出向くよう強く薦めてくれる。蒲団を敷いて休むように言われた。また、予備校に当分の間、休講願いを電話で届けた。

一一月二九日（日）　朝一〇時頃に家を出ていつも定期検診を受けている大学病院の救急外来へ、妻の運転する車で向かう。移植外科の当直医が対応してくれる。採血、胸のレントゲン撮影、血圧測定を行なう。血圧は朝なのに二〇〇を越えていて危険なので、舌下錠で急遽下げる処置を取る。一〇分も経たないうちに急降下し、めまいに似たものを覚えた。

採血検査の結果、ヘマトクリットが一八で、医師も驚く。普通の人は三〇を切った時点で入院が必要なのだが、私の身体は何年にもわたって貧血状態に狎れてしまっているので、一八まで下がっても意外にケロリとしている。数値を聞いてこちらの方が蒼くなった。明日必ず外来を受診するよう言いわたされ、降圧剤を処方してもらって帰される。帰宅後、ひたすら安静。

みな学会で上京

一一月三〇日（月）　朝いちばんで病院に向かう。外科の掲示板に貼り紙がしてあって、教授、助教授、講師がこぞって東京で開催されている移植学会出席のため上京、と通知されている。困ったことになったと思いながらも、ひとり残留している講師に診てもらうことにして一時間近く待つ（月曜日はいつも混んでいる）。

その講師には初めて診てもらうのだが、早く仕事を片づけて午後には自分も上京したいらしく落ち着きがない。事の重大さを見抜けているのかどうか疑わしかったが、一応エスポーの注射をしてくれることになる。

水曜日には教授が戻ってこられるはずだから、水曜日にまた外来にくるよう言われて帰される。

帰宅後、安静。黙って床に臥していると、心臓の拍動の高鳴りがすぐそこの胸許から聞こえてきて、頑張ってくれている心臓がいとおしく思える。脈拍は九〇を超えているに違いない。透析しか私を救う道はない——確信に近い考えが長年の経験によりしぜんと萌《きざ》してくる。それとも再移植である——この末期の移植腎をべつの新しい腎と取り換えたい、そうすれば生き返れる。天井の板目を眺めながらこんなことに思いを巡らしていた。

一二月一日（火）　終日安静。N子医師から容態を心配する電話があって妻が応対する。脳内出血と心不全に気をつけるよう託《ことづ》かる。脳内出血は高血圧ゆえ理解できるが、心不全の理由を問うと、ヘマト一八では血中の酸素が少な過ぎるので、心臓に多大な負担がかかり持ちこたえられなくなった場合危ないということらしい。いずれにせよ一発で終わりだなと覚悟を決める（死ぬなら完全にきちんと死のう、下半身不随になっては家族に介護の負担をかける、等々を考える）。

一二月二日（水）　妻ともども朝いちばんで大学付属病院の移植外来へ。九時半頃、外来師長がロビーに現われて、水曜日外来担当の先生方がまだ学会（東京）から帰洛していないのできょうは引き取ってくれという。

私のカルテを手にしている彼女に私は立ち上がって日曜日からの事を話し、月曜日の講師に水曜日にくるように厳命されたことをつけ加える。婦長は、「まあ、あの先生も教授が水曜日にはまだ東京だってこと知っていたくせに」と怒りをこめて言う。「じゃ、待っていて下さい」と言い残して戻ろうとするので、「透析をして下さい」と訴える。われながら悲痛な声だったのでびっくりする。

三〇分ほどして診察室に呼ばれる。助手（医員）が診てくれる。「透析をして下さい」とまた訴える。透析は無理なので（なぜ?）、輸血をします、と看護師に指示を出す。

「以前透析を受けていた病院に紹介状を書いて下されば、すぐにでも透析に出向くのですが」

「先方の都合もあるだろうし……。それにヘマト一八の人など恥ずかしくて紹介できません。輸血で二〇くらいまでにしましょう」

助手風情《ふぜい》？

輸血は願ってもないことだが、ヘマト一八で身心ともに青息吐息の私に恥も外聞もない。むしろ恥だと思うのは病院側の勝手で、そういった虚栄心が患者の生命を危険にさらし、さらに医師の信頼を失わせる元凶となる（というよりも助手風情が透析導入など指示できなかったのが本当ではなかったか）。

輸血上の細々した説明を受ける。以前とは比較にならぬほど慎重である。四〇〇ミリ・リットル輸血してもらい、ヘマトは二二に上がる。血圧も少し下がる。

輸血の最中、妻が助手にいろいろ尋ねている。その中のひとつ。

「機能しづらくなった移植腎は、摘出してしまうのですか」

「いいえ。薬の量を減らして死んでいってもらいます。でないと、逆にこんどは悪さをするんです」

「おぞましい話ですね」

「ええ」

その日はそれで帰宅。金曜日には教授が帰って来ていて外来に出るので来るように、とのこと（三度目の正直なるか）。

一二月三日（木）　終日安静。再移植と臓器交換のことを願う。

一二月四日（金）　朝いちばんに病院へ。教授帰洛しており、さっそく診てもらう。即座に透析導入が決定され、一〇年前に透析を受けていた洛北にあるR病院に紹介状を手早く書いてくれる。

腎臓は機能的にはまだ透析に入らなくてもよい段階だが、高血圧と貧血を治すには透析しかない。透析医と充分相談のこと、と念を押される。

再透析

一礼して辞去し、タクシーでR病院へ。もうこっちのものだという変な自信にひたる。二〇分後に到着する。透析室に直行して透析医に紹介状をわたす。一〇年ぶりの透析室、すべてが懐かしい。

「水が諸悪の根源でしょう。溜まっている水を抜きましょう。きょうからでもうちはOKです」

よかったと胸をなでおろし、夕方から四時間してもらうことにする。救われた。まだ生きつづけられる！　長い一週間だった、としみじみ思う。

夕方五時にまた来ますと言ってタクシーで帰宅。四時まで安静にしていて四時半に妻の運転で出発。一〇年ぶりの透析にわくわくする。

シャントも左腕にきれいに残っている。穿刺《せんし》してもらったのが五時一五分。水は初日だからということで一キロ引くことにする。透析前の体重は五七・六キロ。これが四時間後にはきっちり一キロ減って、五六・六キロとなり、皮膚、特に顔が引き締まった。

これで咽喉許《のどもと》の浮腫のせいだとN子医師に教えられていた、一一月に入ってからにわかに盛んになった鼾《いびき》が消えることであろう。血圧は大幅には下がらなかったが、これでひと安心。月・水・金の一回四時間週三回の夕方からの再透析が決定された。

頭痛

一六年前の初めての透析導入の日（一九八一年一二月一〇日）と同じく、今回も一二月であった。そして一六年前もその年の夏に札幌で講演をしており（北海道日伊協会主催、「イタリア文化の集い」）、今度も七月に母校の札幌南高校で講演をしている。歴史は繰り返さないが、韻を踏む（のだろうか。伝マーク・トゥエイン）。

迎えに来てくれた妻の運転で帰宅したのは一〇時少し前だった。くつろいだ気分で入浴した。その夜、睡眠中頭痛に悩まされた。夢うつつながら、透析では脳の透析がいちばん遅いことを思い出していた。脳は「防備」が頑丈で血液を通しづらいので、いちばん最後に透析が起こり、それが痛みとなって感得されるわけだ（毒素による不均衡症候群）。慣れるのに二、三回かかる。鼻をかむと出血はつづいていた。もっと血圧を下げねばならない。しかしこれも二回、三回と透析を受けているうちに正常値になるであろう。私はそう言い聞かせて床に就いた。

鼻血がおさまったのは三回目の透析後であった。

一回ごとに水を少しずつ引いていって、都合四・五キロ引き終えた時点で、血圧が一三〇―八〇に落ち着いた。四・五キロもの余計な水分が体内に溜まっていたことになる。四・五キロといったら一升瓶二本半に相当する大変な量である。よく身体、とりわけ心臓がもちこたえてくれたものだ、と再度いとおしさが増し、ありがとうと呟いた。

ドライ・ウエイト（透析者が透析のたびに水分を除去することで引き戻される基準となる理想的な、その人にとってベストとなる体重）が五二・五キロと決まった。そして年末までに体調は安定した。

8 腹膜透析

挑戦する気組み

これまでの記述でわかるように私の専門分野はイタリア（特に、ルネサンス文学・文化）なのでイタリアの旅をしてきた。生計は大学受験予備校での非常勤講師（英語科）だった。都合四つの予備校で教えたが、最終的には駿台予備学校（関西校）での一五年で終えた。四半世紀の予備校講師を終え、なんとか関西大学に「ヨーロッパ文化論」講座の専任として採用された。五〇歳になっていた。住居も京都から大阪に、最初は吹田市、次は箕面《みのお》市に転居し、おそらくここが終の棲み家となるだろう。

透析施設も吹田市江坂の病院に替わった。透析専門の病院だ。そこで週三回夜間透析をしているうちに、私の健康管理がよい、という理由で「腹膜透析」を薦められた。腹膜透析とは、人工腎臓内の幕を体内の腹膜に代用させるもので。お腹に透析液を注入して溜めたまま、いつも透析が出来るというシステムである。身体、というよりも肉体にやさしい透析で、欧米などでは血液人工透析よりも盛んらしい。

そういう触れ込みでわりと説得力があったので、「冒険心あふれる」私は試みてみようと思って、やってみます、と答えた。まずお腹に透析液の出入り口となる「穴」をうがたなければならない。局所麻酔によるちょっとした手術。医師は、「この箇所が最も感染しやすいから、いつも清潔に」と常套文句を並べた。誰が不潔にするものか。それくらいは馬鹿でもわかっている! 穴にはキャップ(蓋)がはめられていて、その開閉時にチューブを入れて液の出し入れをする。液をほどよい微温まで上げて保温する機器があった。

ところがいろいろ、承諾「後」に持ち出されてくる透析過程を知るにおよんで、これは反って面倒な仕儀にいたると後悔の念がわいてきた。夜も「夢」という透析器械につながれて、体内透析がされる。「夢」とはチューブとつながっていて、腹でもこわしていたら大変。チューブをつけて便器に座らなくてはならない。注意は絶対に「下痢」に陥らないこと。さらに、一日に二回、腹のなかの汚濁した液体を出して、二キロ詰めの米袋にも似た、新規の透析液が溜められている袋の液体と交換する作業があった。

腹のなかの水分と毒素で汚濁した「旧」透析液を穴から、その液が入っていた袋に流し込んでトイレに棄てた。それから新品で生ぬるい液を注入する。このとき点滴の要領で袋を上に掲げる。手では辛いので、カモイがあればカギでそこには袋の端っこを引っかける。液体が空っぽになったお腹に一定の勢いでなだれ込んでゆく。私は静かに目でそれを追う。やがて袋が空っぽになり、私は充ちたりる。あとは汚水と袋を始末して、次の交換までおよそ四時間、「解放」された時間だ。

腹膜炎——再々透析

しかし結果を先取りすれば、腹膜透析は一年九ヶ月しかもたず、感染によって激痛の腹膜炎を起こして入院し、再々透析に戻ることになる。

このときの腹痛といったら、筆舌に尽くし難い。下痢系統のものでないのはすぐにわかった。私は関西大学の研究室にいたが、夕方の五時ころから、所謂「差し込み」が始まって、額に汗が出て来るほどの苦痛を嘗めた。タクシーなどほとんど通らぬところに大学は立地しており、とにかく帰宅を急ごうと(病院へ、という考えはなぜか思いうかばなかった)、門を出た。「つの字型」にからだを折り曲げてよろよろ歩いていると、奇蹟とも思われんくらいに、タクシーが背後から近づいて来た。空車だと即座にわかった。手を挙げて……拙宅へ。救われた。しかし妻が留守で、寝室のベッドに無様に腹を押さえ、こみ上げて来る疝痛に耐えた。妻の帰宅が遅く、どうなるかと危惧している矢先に帰って来て、どうして病院に直行しなかったのかと小言をいった。私に応えるだけの力はなく、ただ病院に車で連れていってくれ、のみだった。彼女は腹ごしらえの時間を要求し、食べ終えると、私の肩を持って階下に下りた。

病院はもう閉じていたが、救急外来に入れられて、痛みを取るため解熱鎮痛剤であるロキソニンを処方された。苦痛は一時間後、ふっと消えた。ありがたや、ロキソニン!(透析患者にはたいていこれより弱いカロナールが処方される)。そして入院が決まった。

感染症を引き起こした菌を封じ込める抗生物質の点滴が翌日から始まった。しかしなかなか適合するのがみつからない。何回目かの、今では名前も忘れたが、その抗生物質がやっと効いた。廃液がきれいになったそうだ。その間、私は透析を受けていた。最終的には、お腹に作った液体の出入り口である「穴」をふさぐ簡単な手術をして、再々透析にもどった。

交換

腹膜透析のときは四時間経つと液体交換作業だが、たしか液体は異なっていたと記憶している。医学的な内実はチンプンカンプンだが、異質であると担当のナースが言っていた。私は機器によわく、そのナースが病院内の一室で事細かに「夢」（バクスタリーのホームAPDシステムゆめセット）の模型で仕組みを一所懸命教えてくれても、さっぱり要領をえず、相手を失望させた。済まないと思った。私はアナグロ派で、いまも「スマホ」など持っていないし、その必要性も感じない。

そこでそのナースは、「夢」の強力な助っ人として、「夢」の製造先である「バクスター」という会社を教えてくれた。四六時中、「夢」のことなら懇切丁寧に教示してくれるという。何度もお世話になった。いつも男性が出て、ほんとうに彼の目の前に「夢」を置いているかのごとく、あれはこう、これはああ、と穏和な口調だ。私は寝室に電話を引いて毎度のように助けていただいた。

器械につよいとはなんて素晴らしいことだろう、それも夜中でも。

おおざっぱに言って、腹膜透析では一日中、透析を受けていることになる。この夢の話は当初なかった。不意打ちを食らった。夜、ベッドのなかで私はチューブに播かれ、「夢」と結ばれている。「夢」が小型の人工透析器となって、液を循環させているのだ。

こうした行為が肉体に優しいのだろうか。そうだろうか。もしもそうだとして、精神衛生上、全くよくない。この世のなかすべてが良いということは何に関しても、そういったことはあり得ないのだ。

例えば液体の交換作業は感染があったら困るから、空気が清浄な部屋でやらなくてはならず、空港などではバクスターと提携していると、主要空港なら職員に声をかければ案内してくれる、ということだったが、そうした飛行場などひとつもなかった。つまり隅々まで行き届いた配慮があってこそはじめて信頼を得るのだ。

三度目のフィレンツェ——腹膜透析中に

旅行の際は夢じたいは使用せず、したがってチューブもなく、交換すべき透析液の入った袋だけでよく、それが収まり、保温の利くケースがある。液体ゆえに重い。腹膜透析の状態で私はフィレンツェに一ヶ月ホームステイするのだが、世話になるその家に、バクスターから、一ヶ月分に必要な液体を事前に「配達」してもらった。

フィレンツェ空港に到着し、その家に向かった私がまずチェックしたのは、必要な液体の数だった（液体は二種類にわかれている）。私用の部屋からキッチンへと通ずる廊下に、液体の入った袋、それらを覆う箱が規則ただしく積んであった。中身を調べて安堵したのを覚えている。

ただ、最初の交換のとき厄介なことが起こった。液体を微温に保つ器具も持参してきていたが、プラグをコンヤントに差し込んだとき、ピカッと火花が散った。日本でイタリアの電流に合うプラグを二つ買い求めてきたのに、一個目でショートしてしまったのだ。となると、これから以降は微温にまでいたらない液体をお腹に注入することになる。冷たい液がぬくもっているお腹にしみわたることになる。嫌だな、と顔をそむけたくなる。

季節は夏だ。私は一計を案じて、就寝中、液体の袋をお腹の上にのせ体温で温め、翌朝の交換に備えようと考えた。われながらうまい思いつきだと思った。私という人間はどうも、知識があっても知恵が未発達で、この点、いつも嘆かわしい人間だとみなしている。だがこの思いつきは久しぶりのヒット作に思えた。もともと寝相のよくない私だから、液体をお腹に抱いて寝れば、ずっと仰向けで眠れることだろう。心配なのは重たくないかどうか。液体の冷たさが逆に腹を冷やしはしまいか。冷えてしまうと下痢になる。水泳教室に通っていたとき、早晩、腹が冷えひどい目に遭った。そのときの悪夢がよみがえる。イタリアでの透析が順調にゆくかどうかは透析液の、一日二回の交換の出来しだいだ。

鋏

さてこの透析液の件で、難題がひとつあった。細かい所作の説明は省くが、ハサミを必要としたことだ。二〇〇五年に腹膜透析に入っているが、二〇〇一年九月一一日に、いわゆる「アメリカ同時多発テロ事件」（九・一一事件）が起こっていたがため、航空機のなかへのハサミなどの「刃物（凶器）」の持ち込みは硬く禁止されていた。それゆえ飛行機にハサミは相性が悪く、「最重要注意人物」として私は扱われた。渡伊の前に一冊本を書いたので印税が入り、それを往復の交通費に当てた。ビジネスクラスを利用した。危険人物である私は、いちばん最後に乗せられ、降りるときもいちばん最後だった。乗客がみなじろじろみて降りてゆく。

フランクフルトで乗り換える航路だった。そこでも最後で、当地で液を交換する必要があった。フランクフルト空港は広大な敷地面積で、医務室は地図にはあってもその位置が特定できなかった。私はすぐに地上職員に円をユーロに換金できる場を尋ねて、そこまで航空内専用の小型自動車で連れていってもらった。その車上で次は医務室にと頼んでおいた。地図にはでているけど、実際の場所など見当もつかない所とは。なんと中一階だった。つまり地階と一階の間にぶらさがるように存在していたのである。ここの医師はむろんドイツ人だが、彼と予約を取ったのは、主治医（病院長）でなく、私自身だった。

「サワイさんは英語で依頼書をお書きになれるでしょうから、専門用語だけお教えします。ご自分で書いてください。お願いします」

びっくりした。相手は院長である。英語で論文を発表しているはずだ。

「あれ、先生が書くべきでは？」

「いやあ、ご自分の身体のことはご自分がいちばんよくご存じに違いないから」

「……。それとはちょっと次元が違うのでは?」

「まあ、そうですが。お願いしますよ。書いたらファックスで送信してください。じき先方から返事がくるでしょう」

私はこの透析に特化した病院がどこの大学の閥か知っており、予備校の講師だから、その大学の英語の入試問題の難度も熟知していた。やはりこの程度か。この程度の人物で院長が務まるものか、と現実を把握した。専門用語を教えてもらって私は英作文をし、推敲するとフランクフルト空港の医務室宛てにファックスした。ドイツ人は英語がわかるからよい。

教育への見識の低さ

ここで脇道にそれるが、大学受験予備学校の講師を四半世紀務めてわかったことは、日本の教育文化へ架ける情熱の低さである。偏差値が高ければ東大・京大、そして国公立大学の医学部へと子息を進ませ、高校の進路指導の教員も医学部を推薦する。そして幸か不幸か出来ない生徒は教育関係の学部、そして教員になる。彼らは予備校では決して上位の成績者ではない。現在小学校高学年から英文法の学習が始まっているが、あるテレビの取材で、教員が英語は嫌いだ、と答えていたが、それは「出来ない」の言い替えである。とりわけ文法などを理論的に教示できるはずがない。札幌市の有名進学校からS予備校に通った私はすべての教科にあって、「眼から鱗」だった。

またとくに得意としていた英語の授業で、とても有意義な経験をした。二浪した私が、一浪目に「嫌だった」講師の授業を欠席した訳が二浪目で判然としたのである。その講師の授業じたいの水準が私の英語力より上で、私がついていけないところに原因があって、つまり自分の能力に落ち度があって、講師のせいではなかったことに気づいたのである。私はこれを恥として、教壇の上の先生の教授水準と自分の能力をきちんと計ってはじめて講師と自分の位置づけがわかるものだ、ということを知った。「発見」だった。

古文でも現代文でも、同じだった。わかる、わかるにいたる、ということの、なんという厳しさよ。自分本位に決めてはならない。好悪の情、相性の合わない合うもあろうが、こと学力という点では謙虚の一語に尽きる。

人間は自分の能力に応じてしか他をみられないのである。これは肝に銘じて置かなくてはならぬことである。

統一された美しさ

ドイツのフランクフルトの医師からは私のファックスにすぐにファックスで回答が来た。了解した、という内容だ。その最初のファックスにはハサミを持参しないので、医務室で貸してほしいと打ったが、数日後、小型のハサミを持参する、と訂正した。これが旅客機での私の危険人物扱いを決定的にする要因となった。

そしてビジネスクラスの乗客は一番前、コックピットの真後ろの席と決まっていて、二列目とは白いカーテンで区切られた。いつもひとりだった。鋏はもちろん荷物のなかにあって座席近辺にも身にもつけていないのに……。

フランクフルトから一路フィレンツェへ。イタリア上空から見下ろせる、各都市の家々の屋根の色の美しいこと！　フィレンツェはとくにどの家の屋根も同色で、この統一美の艶やかなことといったら、適切な言葉も見当たらない。

ホームステイ

フィレンツェ空港はこじんまりしていた。

ゲートを出ると、「サワイ シゲオ」と大きな紙を持った女性が人ごみのなかに立っていた。私は語学学校に通学する予定で、そこがホームステイ先を決めてくれていて（つまりそこにバクスターから二種類の透析液が送られていなくてはならなかった。家についたらその確認こそが第一だった）。迎えに来てくれたのは、語学学校（『マキァヴェッリ語学学校』）の若い女性職員だった。ホームステイ先に向かう途中で話を聞くと、語学学校でイタリア語を学ぶうちに、いつのまにか職員の手伝いをし始め、自分も帰国しても何ら目的もないので、イタリアに居座るようになってしまった、と淡々と話す。イタリアに来た目的もなく、ただ面白く楽しそうな国に思えたからと平然と言ってのけた。そしてこのようなひとたち、特に二〇歳代前後の若者に語学学校でたくさん出会うことになるが、日本人のみならず、ドイツ人、ポーランド人、ソ連人（当時）、カナダ人も含めて、ルネサンス文化運動を知っている者は一人もいなかった。

私は自著を二種類、持参していたが、タイトルをみて中身を想像できる若者は皆無だった。さらに学校側の意向か、私だけが個人授業で、私の依頼通り、午前中の授業終了後は講師と会食した。その他の学生は多数人数での講義で、どうやら講師は高校卒業でのイタリア語講師のようで、私には大卒の講師が担当してくれた。一ヶ月のうち、最初の二週間はフィレンツェ大学卒業の三〇代の女性講師。後半はトリノ大学卒業の男性講師だった。

ルネサンス関係の知識は私のほうが上で、ときたま私が彼女や彼に教えることがあった。だから私の知っているイタリア語は抽象名詞が多く、そうしたやりとりが出来る語学学校は愉しかった。ホームステイ先では日常用語が出てこないのでまるっきりダメで、往生したものだ。

ここの家では夫婦別姓で、帰途につくまで夫と妻の氏名はわからなかった。事実婚かもしれないが、娘とその幼い男の児、それにたまにその夫？と思える男と食卓をともにすることが出来た。でも結局、家族構成はわからず仕舞いだった。

節約・倹約

私はテレビつきの部屋を頼んでいたのだが、石の部屋は暗く、それにひたすら電気代の節約を主張してくるので、電気はつけられず、したがってテレビも観られずで、ケチケチして暮らしている壮年のイタリア人夫妻の実態がそこにはあった。食後、居間でテレビをみるときも部屋は真っ暗。テレビの画像の色彩だけが、薄気味わるく映えていた。これは目によくない。自室でのテレビ鑑賞も止めにした。彼らの自慢は、テレビも車もみな日本製であることで、あたかもそれが裕福の象徴であるかのような物言いだった。

遠方から味を求めて

ここの自慢は奥さんの料理であるらしく、過去にステイしたひとがたまにやって来ては、食堂から居間に食卓を移して、おおいなるもてなしをする。私の滞在中にもドイツから中年の男性がやって来て、家族、もう一人の語学研修生、それに私とで、料理のメニューはいつもと同じだが、なぜかに華やかな気分で夕食をともにした。話題はその男性が世話になっていた頃のもので、私には理解しがたい内容だったが、みな微笑んで愉し気だった。しかし昔日の話などすぐに底をつき、いまどうしているかに移ってゆく。

会話の速度が急ににぶくなって、そのうち立ち消えてゆく。主人が席をたち、婦人が後片付けを始める。話相手を失ったドイツ人は私のほうを振り向いて、セイ・シンパティコ（あなたは感じがよい）と言って私に話しかけてきた。ドイツ語なまりの効いた、ひどくごつごつしたイタリア語だったが、確かにそれはイタリア語だった。昔、藤村有弘というコメディアンがいた。このひとは業界で一時代を画した人物で、もの真似を得意とした。なんとフランス語を話すのである。それがフランス人が聞いてもフランス語だと断定するのだが、話の内容はわからないという。小学生だった私たちでもフランス語だとはわかるが、意味などとうていわかるはずがない。フランス人も煙にまいての名演技だった。さらに藤村は名作『ひょっこりひょうたん島』の大統領ドン・ガバチョの吹き替えを担当して、これも人気を集めた（没後は名古屋章）。タモリとの中国語でのいんちき遣り取りのユーチューブも見応えがある。

そのドイツ人との対話で何を喋ったか記憶にないが、変に角張ったドイツ語的イタリア語は理解しやすく、私も人並みに答えることが出来た。この人は盛んに料理の美味さを褒めちぎり、ステイホーム仲間にはトルコのイスタンブルから両親を呼び寄せて晩餐に「花」を添えた人たちの例も述べた。それほど美味なのか、と日本そばを除いての味音痴の私は首を傾げたが、味のみを求めてむかし世話した「下宿人」が集って来るという妙な現象を聞いて、味の重要な要素を改めて知った。これはよい体験となった。日本でも旅に出るときには先方の宿の料理が気になるものだから。

世話になったその家はフィレンツェの南に位置していた。ポンテ・ヴェッキオをわたってからしばらく歩くとホームステイ先に着く。取って返して北に向かい、橋と家との中間あたりの脇道にそれると、ブルネレッスキ作『サン・スピリト聖堂』があってその前が、朝市などが開かれる広場になっている。その広場に面して、語学学校『マキァヴェッリ校』がある。付近にはその名を冠した通りもある。そして帰国後、聖堂の裏あたりにマキァヴェリの生家があることを知った。見学を逃して残念きわまりない。

透析液の交換

会話指導を担当して下さった先生は知的な独身女性だった。私のイタリアに来た理由を問い、それを「語学力の復活」となづけ、そういう授業体制を取った。お昼も一緒だ。ウサギの肉料理を注文したときにはあきれられた。

学校でのことは他にもいろいろあったが、ここで厄介な点は、午後のフィレンツェ市街観光である。だいたい昼食後講師とわかれるのだが、せっかく市街地に出て来ているのに、南に道を取ってホームステイ先で、透析液を交換しなくてならなかった。生き抜いてゆくためには必須のことだったが、手間を取らせる点では正直、億劫だった。一旦、帰宅し、お腹のなかの毒素だらけの汚水を、液が入っていた厚いビニールの袋にもどし、次に新規な液を点滴のようにして腹腔内に注入する。ゆっくりと丁寧にしなくてはならない。出し入れ口が感染したら一大事だ。同じ作業が就寝前にある。そして朝起きたときにも。一日三回、自宅では「夢」がやってくれていたことを、旅先ではみずからがしなくてはならない。

極言すれば、この三回の液体の出し入れのために一日がある、とも言える。生きるために「外出先」から「帰宅」、また「外出」の繰り返しで、一回の観光時間は四時間しかなかった。四六時中ではなく、起きているときには、「四三時中」の生活だった。

遠出ができず、そうと決まったら市街地を歩きまわることしかなかった。それでもミケランジェロの丘くらいには出かけて、気に入った風景画を入手し、いまでも机のまえの壁に飾っている。

マキァヴェッリ隠棲の家（館）へ

遠出のうちにはいるかどうかわからないが、マキァヴェッリ失脚後の隠棲の地（山荘）にも行った。イタリアのバスや地下鉄は停車名の社内放送がないので、いつも緊張しての乗車だ。マキァヴェッリの折もその際たるもので、隠棲の地からはるか二〇キロ先の終点まで乗り越してしまって、広場横の「インフォルマツィオーネ（案内所）」で尋ね、随分と遠方まで来てしまったことを知った。幸いにも近所の方が自家用車で送ってくれた。これも時間制限内で済まさなくてはならず、帰りのバスの時間（一六時発）を二時間も待たなくてはならなかった。

一事が万事、透析液の交換が大前提にある街めぐりだから、シエナにも行けなかった。透析液で生かされているという現実に、いつもさらされていた。

9　パーキンソン（病）様症状

採用され、着任

私が関西大学文学部に教授職として赴任したのは、二〇〇四年（五〇歳）のときだ。思えば、中国地方の短大の採用を透析開始を理由に断ってから二五年間予備校で英語を教えてきたことになる。毎年、いずれかの大学の教員採用に応募してきた（ほとんどが英語教員）が、たとえ予備校で英語の講師を務めてきても、英語関係のさしたる論文もない私に採用通知の届くはずもなかった。

だから関大への就職はやっとという安堵の念に支えられた。ヨーロッパ文化論枠での採用だ。環境ががらりと変わった。これが身心に影響を及ばさないはずがない。五〇代半ばで「鬱」（更年期障害の一環）になった。数回卒業生を送りだしたあとのことだ。気が抜けたようになって、仕事が手につかなくなった。身内からみなぎってくるものがない。

透析室の医師が診療内科の受診を薦めてくれた。受診した医師は、人生には身心の波があって、いま底のほうに位置しているが、適切な処方で完治すると勇気づけてくれて、処方箋を書いてくれた。それを服用することになるのだが、大学の同僚の中には鋭い人がいて、どうかしたのですか、調子、わるそうですね、と親切に問うて下さる方もいた。鬱だとはさすがに答えられなかった。透析も辛くなってき始めていた。せっかく大学の専任職を得たのに、という無念さがついてまわった。

この間の記憶は右のものだが、つい最近、新たな事実が判明した。

ここ二、三週間、手に痺れが走るので整形外科を受診すると、脳神経内科の受診を薦めてくれた。そこで友人Mに電話をかけ、夫人のN子医師の勤務先で診てもらうことになった。そこである意外な事実が判ったのだ。

パーキンソン様症状

診察室で検査後、N子さんと話をしているうちに、私が鬱であったときに、透析担当のH医師との手紙のやりとりの記録が五回もパソコンに記録されているという。初めて耳にする話で、内容を尋ねた。すると、その話に入る前に、二〇一二年頃、久しぶりに私たち夫婦とM夫妻が会食したときの驚きを彼女が語った。もうかつての私ではなく、やつれて目の輝きも薄れ、食事中に箸を落とすし、食欲もなかった、歩き方(特に歩幅の短さ)も、所謂普通でなかった、と。彼女は医師として、とりわけ脳神経内科医として危機感を抱いたとはっきり言った。

その後のことだろうか、透析室のH医師との病用書簡のやりとりが始まったのは。それをしびれの検査のために受診した、二〇一九年一二月九日に初めて知ったのだ。五回にもおよんだそうだ。彼女のパソコンに記録が残っていると言う。

「どんなやりとりを?」

「お薬に関して」

「薬?」

「処方されていたお薬は抗鬱剤でしたが、副作用にパーキンソン(病)に陥らせる要素があったんです」

「パーキンソン?」

「そうです。脳疾患の一種で、大きな震え、手足などに運動障害が出るものです。筋肉の硬直によると言われています」

「そういう副作用のある薬をぼくが?」

「はい」

透析が苦痛に

もうそのような種類の薬をどこで出してもらったかも、その日の時点では記憶から抜けていた。診療内科でしかありえないのだが。

「そう言えば、手が震えて文字が書けないときがあったし、そういう自分にずいぶん苛立ったものです。透析もつらくて、四時間のところを耐えられずに二時間半で辞めて帰宅したり、寝ていられずベッドの脇に立って受けたりしたこともある……」

身体を左右に転がすときもあったので、柵を立てられたものだ。ああ、そうだったのか、副作用のせいだったのか。

「では、そのまま服用していれば」

「確実にパーキンソンになっていましたね」

「H先生とは、その薬の服用を止めてほしい、という……」

「そうです。脳神経内科の専門分野にパーキンソン病があるんです」

「なるほど、判ったわけですね」

「幸いにも」

「H先生はとても良い方で懇意に接して下さったです。内科がご専門でしたので、脳神経内科の領域までは……」

「残念ですが、いまの医療は専門分化が進みすぎていますから。わたしも透析医療についてよく理解しているとは言えません」

「……五回も……」

「ええ」

快復へ

還暦を過ぎてからだんだん体調が「良く」なって来たことは実感していた。それは「その種」の薬の服用がストップになったからなのだ。ああ、また救われた。

同僚に心配顔で尋ねられたときは鬱だった。それからパーキンソン病へと。とんだ五〇代だった。H医師のことだから、それなりに得心のいくまで研究しての判断だろう。五回という回数がそれを物語っている。H医師は母校の教授となられてにわかに多忙となって、もう透析室（非常勤医師職）を辞されていたが、ずいぶんと親切にしてくださった。

元看護師の妻にこの一件を話すと、

「あらっ、いつだったかしら、『パーキンソン様症状』と診断された、って言ってたじゃないの」

「ほんとか」

「うん」

「すっかり忘れている。どこの病院で、だったろう？」

「透析病院の外科の先生によ。『様』は簡単に言えば、予備軍ってことね。認知症様症状、というのもあるのよ」

「……はあ」

「よかったね、ほんとに。脳神経内科の先生に知り合いがいて、それもN子さんだったから」

それにしても私の五〇代半ば以降は何だったのだろう。大学の同僚に体調を心配されたときは鬱で、その鬱を治す薬の副作用に、パーキンソン予備軍を生むものが含まれていた。五九歳のとき「国内研修員」の資格をもらって、一年間、自宅で研修に精励するはずだったが、今思えば副作用のせいで、終日ソファーに横になっていた。気がそがれて何もする気が起こらず、お先真っ暗な窮境にあった。

快復し始めたのは還暦をすぎてからだ。

自分でも不思議だったが、その「からくり」が判って、薬の副作用とは実に怖しいもので、しかも専門分野の医師の診たてがあってはじめて判明することもあるのだから、専門化しすぎた医療体制も考えものだと思う。

第Ⅲ章――断章風に、翻ってみて

1　向日的な生――

移植後の解放感

二七歳のときに血液人工透析の生活に入って七年後の三四歳で腎臓移植を受ける――このことは、もし私が自伝めいたものを書くなら決して落としてはならぬ事項だろう。病気ではないが身体上の障がいということで、一生の中でも特筆に値する出来事だと思われるからだ。

移植して一年半余り過ぎた当時でも、私は内部疾患の身体障がい者だった。透析にぴったり合わせた生活を作り上げていた私にとって、移植で解放された生活は慣れないものだったが、しだいに透析以前の生活形態を取り戻していった。

思えば母校（札幌南高等学校）在学時代から腎臓はよくなかった。中学三年のときに、どうも疲れやすいので掛かりつけの医院で診てもらったところ、尿にタンパクがおりているという。週に何度か栄養剤を打ちにクリニックに通った。高校に入学してもタンパクは消えないので、腎生検の手術を受けることになった。

留年の決定である。二年生を二回やることになった。当時はかの「学園紛争」の時期で、私の入院中に勃発し、そのため復学を延期せざるをえなかった。

腎生検と透析導入

腎生検の結果は、いま思えばあいまいな回答しか返ってこなかったのではあるまいか。あのときもう少し医師が腎臓病の怖さを説いていてくれたのなら（と透析に入ったから言うのではないが）、自分でももっと気をつけていたと思うのだ。

タンパクはおりるが心配は要らないというのが回答だった。ほっとして、残りの高校生活、大学生活、そして大学院生活を送った。

しかし不摂生な生活が、知らぬ間に私の腎臓をむしばんでいった。腎臓は痛みを発しないから、気づかずじまいに終わることが多い。私もその例にもれなかった。はっとしたときにはあと二ヶ月の命と宣告され、即日透析によって九死に一生を得た。

私の場合、腎臓の病気で治療を受けた期間はまるっきりなかったことになる。気のつかぬまま死の一歩手前まで元気でいて、ちょっと(といっても血圧は二二〇まで上がっていた)変になって、尿毒症末期と診断されたわけだ。そのため透析に入るしか手はなかった。透析を嫌がる人が多いと聞くが、そんな悠長なことは言っていられなかった。透析を受けなければ死ぬしかないというまぎれもない現実が、すんなりと私を透析生活へと向かわせた。

この点、普通の透析患者とは少々透析に対する意識が異なると思う。長い闘病の末に透析生活に入った人のような苦しみや迷いはない。道はひとつしかなかったから。これだけと言いわたされたときに生まれる開き直りの強さのようなものを、いつのまにか身につけていた。

生と死の間を歩んで

したがって透析生活に慣れると、そこが私の生活の場となって、その線上で自由な生活を送ることが出来た。生と死にはっきりと分かれた日常であるが、そうした緊迫した生活も慣れてしまえばこちらのものだ。

周囲の人はずいぶんと気を使ってくれた。それはありがたかったが、私は私なりに身心ともに健康であった。医学的なデータの面からはずいぶん危ういときもあったが、向日的に生きること、つまりいまおかれている自分の状況を把握して積極的に生きることを第一義とした。悲観的に自分をみたことなど一度もなかった。

こんな私だから、移植の連絡を受けたときには、正直言って当惑した。透析生活がすっかり身について、満足していたからだ。結局意を決して手術を受けたが、成功してほっとしている。受けるという意志が、積極的に生きていこうとする私の向日的な生にぴったりだったからだ。

楽天的なところは生来のものかもしれない。しかしやはり逆境の中におかれたときには、自分をしっかりみつめてその事態を冷静に認識することが大切だと思う。これは何も身体の問題に限ったことではない。生きていく姿勢として、座右においておくべき銘ではないだろうか。

2　生と死の〈会《え》〉

心体

「身体」という言葉を漢字で書くとき、「軀」と書く人もいれば、「躰」の字をあてるひともいる。また「身体」と書いて「からだ」と読ませるひともいる。

私はもっぱら「身体」を用いている。どの漢字を使うかはしょせん好みの問題だろうが、私があえて「身体」と記すのは、「身体」が「しんたい」という音を持っているからだ。「身体」という文字を文章の中で目にしたとき、「からだ」と読んでくれても、「しんたい」と呟いてくれても、どちらでもよい。それこそ読み手の好みにまかせているつもりだ。

「しんたい」という音を宿した「身体」を好むにはもうひとつ理由がある。それは「しんたい」は「心体」と書いてもいいと思われるからだ。これは音による連想だと笑われるかもしれない。私自身でさえその感のなきにしもあらずだが、いつのころからか、

「身体」よりも「心体」の方に親しみを覚えるようになっていた。むろん自分の書く文章に「心体」と書いて「からだ」とルビをふる無謀なことはしないけれど、気持はいつも「心体」に傾いていた。

「心体」――〈こころ〉と〈からだ〉、つまり〈精神〉と〈肉体〉――この簡単なようでひどく厄介な問題が、「心体」という造語で表現されると、諍《いさかい》や対立が消えて底知れぬ調和をかいまみせてくれるような気がする。

「心身《ママ》」という言い古された熟語よりもその度合いは強く感じられる。

〈精神〉と〈肉体〉を哲学的に考える場合、ずいぶん奥深い思考を要するのだと思う。このテーマは古今東西の研究者が何千年来かかえてきた大問題だ。私にはそれを論じる資格もなければ能力もない。しかし実感として考える機会は与えられた。そしてそれは生と死という究極的なテーマに集約されていくことになる実感でもあった。

「心体」――「生死」、思うにそれは一期一会に等しい。諍もなければ対立もない。調和を保ったひとつの縁なのだ。いや、調和すらしないかもしれない。両者を引き寄せる契機はそのひと自身の内にある機縁だと思われるから。

こんな体験をした。

尿毒症末期で従来の医療ならあと二ヶ月しか余命はないが、いまは人工透析を受ければ必ず助かる、と言われた私は、医師に次のような質問をした。

「もし死ぬとしたら、どんなふうに死にますか」

「……苦しんで苦しんで死にます」と言って、医師は瞬きひとつせず私の瞳を凝視した。

私は是が非でも人工透析を受けようと思い、即座に医師にその意思を伝えた。そうしたのはもちろん生きたいがためだが、苦しみの果てに息絶えるというその死に方に嫌悪を覚えたからでもあった。苦しみ、痛みは率直にいやだと思った。死を受容しなければならないとしたら、痛みのない死であってほしい。生と死のあいだで、死の方に傾きつつあるとき、それは平安裡に行なわれることを望んだ。

苦痛を回避するためには透析しか手はなかった。機械によって、科学技術によって生命を維持してゆくこと、きわめて即物的な生が私の「生のかたち」の中に入り込むことになった。

明るく快活に

生が即物的ならば、死も即物的なものになった。透析という技術の助けをいちどではねのけると、一歩一歩死に近づいていく。いや、死の方から近寄ってくるといった方がよい。生と死が、それぞれきれいな切り口で向かい合った。

心の揺れ、感情のもつれ、情緒のひだ、といったしめっぽい要素は一掃されて、小春日和の晴れやかさがみてとれるだけだ。生と死は互いに争いもせず、意味ありげに和を保っているでもなく、私自身の意思にゆだねられる格好となった。私が生死の縁をとりもつ役を演ずるのだ。

絶望とか自棄とかいった心境とはほど遠いところに私はいた。開き直ったわけでもない。自分の肉体の現実を認識したうえでの、私自身の心の所作といった方がより的確かもしれない。とにかく私は暗黒の淵に沈んでいくのではなしに、これまでどおり明るく快活だった。

人工透析を受けている事実を知っている人からみれば、こうした私の姿は、ひょうひょうとして映ったと思う。しかし私はひょうぜんとしていたのではない。私はそれまでどおりの私だったのだ。

即物的から生身の生死

その私がとつぜん腎臓移植の手術を受けることになった。即物的な生死から生身の生死への移行がここに成立した。手術は成功。六年ぶりに器械のない「心体」（生死）を得ることになった。

尿が出るということが、もっとも具体的な変化だった。手術後に服む薬による副作用も変化のうちに数えてもよいかもしれない。

それは時間をかけて耐えていかねばならぬもので、苦痛をもたらしたが、ある時期をすぎれば透析前の健常な「身体」がもどってきた。

と同時に、「身体」から「心体」への移行がゆっくりと私の中でおこっていることに気づいた。透析中に芽生えていた「心体」が、透析中の生死を振り返れるようになったとき、明確なかたちとなって顕われてきたのだ。

一元論めいた規定はしたくないが、〈精神〉と〈肉体〉とに別はない。両者は噛み合う歯車にも似ていて、動力源はもっぱら縁であり、生と死の「会《え》」なのだ。ことさら仏教めいて自分でも驚くが、生と死とがひとつの有機的なつながりを持っていることを私は言いたいにすぎない。生と死のネットワークの中に現実の生が息づき、その生がネットにからめとられると死が訪れる。

いま、ここにある生

大きな枠組で生死の規定はあろうが、生死を決意するのはこちら側にいる私であって、こちら側を放棄しようとする私ではない。機械で生かされようが、新しい臓器を得て延命しようが、すべてを決意するのは、いまここに生きている私にほかならない。死は生の揚棄《ようき》である、といった定義にも惹かれる。そうかもしれない。実際、こう断言されると気が楽になる。でも実感がともなわない。しかし古希を迎えた私にはそれを感得することができる。若いときは無理だった。

今でも「心体」がふわふわとここちよく浮かんでいる、といった方がごまかしがきく。生と死は、人の出会いと同じようなものだ、と思った方がわかりやすい。なぜなら出会いからさまざまな展開が生まれるのだし、風船のように「心体」の方向も風まかせですむからだ。

けれども私はこんなことも考えている。風船を最終的に操るのは私でありたいし、そのためには生を、死を、いつも澄んだ目で直視していきたい、と。

3 臓器移植とアニミズム

オカルト

私は繰り返すもなく腎臓移植体験者である。

臓器移植の中でも、心臓移植は健康な心臓と危殆《きたい》に瀕している心臓を「交換」するが、腎臓移植は、二つの不全の腎臓を体内に残したまま、他からの腎臓を、右（あるいは左）のわき腹に、文字通り「植える（移植する）」。それゆえ、体内には三個の腎臓がある。この新規の腎臓にたいして受容した体内がうまくいかないと、拒絶反応を引き起こす。薬でこれを抑える。薬のせいで、さまざまな副作用がおこる。

安定期にはいるまで、術後二年はかかる。体内に、他人の臓器（生き物・いのち）が入って、それなしでは生きていけないのだから、それくらいの覚悟は当然な気がする。

オカルトとは、occultare「――を隠す」の派生語occulto「隠された・隠微な」というイタリア語が英語に入ってきた言葉である。つまり、地表には出ない「隠された」意味で、近代科学的自然観が、公開で明晰の立場であるとすると、「オカルトの知」は、地下の「隠れた知」を指す。この知は、だいたいがアニミズムで成りたっている。アニミズムとは、無機物・有機物それぞれにanima「霊魂」が宿るという思想（汎神論）である。万物に、霊魂が宿っている――キリスト教からすると、多神教であって、異教に相当する。

社会的責任をつねに担う身

私は、よく勘違いされるのだが、「病人」ではない、「障がい者」である。「障がい者」の反対は「健常者」であって、「健康（な人）」ではない。したがって、「健常者」にも「障がい者」にも、「健康な人」と「病気な人」がいることになる。「病人」は社会的責任を逃れられるが、「障がい者」は「障害を負った部分以外の箇所」を活かして社会復帰を果たして、社会に貢献する義務がある。移植や透析はそのための治療である。そうした人間も、やはりそれなりのハンディをかかえているので、精神の安定は必須事項となる。

大学の講義でよく学生に話す内容に、「君たちは、いまを生きている、『生の実感』はありますか」というものがある。換言すると、精神的に安定しているか、とでも表現できようか。これは老若男女、それぞれ個々の人によって異なるだろう。

アニミズムの人間化

私の場合、移植腎が自分のモノになったかどうか、それが医学的に認められても、精神上、なかなか得心のいかない日々を送った。そのとき、ふと、自分の研究している「オカルトの知」の基が、アニミズムにあることに気がついたのであった。その時期、期せずして私はオカルトの研究に行き詰っていて、ある意味でもがいていた。それは、研究（理性）とそれを受容する気持ち（感性）が一致しなくなっていたことが最大の原因だった。理性と感性の合致しない学問のテーマは、すでに形骸化していると言えよう。その劣化を救ってくれたのが、自己の体内に「いのち―移植腎」が植えられていて、その力で「生かされている」、つまり、肉体というモノに「移植腎といういのち」が宿っている、という、事物によって「生かされている自分自身」が、私の学術的テーマを地で行っていることに気づかされ、生の実感を得て、ここにはじめて、身体とこころの一体感を会得したのだった。

私自身が、アニミズム人間化していたのである。

なお、この移植腎は、残念ながら原因不明のまま、一〇年しかもたず、私は四四歳で再透析に戻り、現在に至っている。移植医療は薔薇色ではないのである。

4　PTA（閉塞シャントの血栓除去治療）

その日（二〇一九年一二月九日）、私は第Ⅱ章の7で述べた脳神経内科（N子医師）を受診して新たな事実を知ったあと、吹田市にある透析専門病院に向かい、定時（夕方の四時）にベッドの上で、穿刺を受けた。いつものように看護師が聴診器を血管に当てて血流を確認すると、上腕部に穿刺した。次に前腕部の血管に穿刺するはずなのだが、一回刺して失敗した。ベテランの看護師でめったなことでしくじる人ではない。もういちど。でもダメみたいだ。聴診器を再度当てている。

「ごめん。血流がない。しっかり聞き取っていなかったみたい」

すぐに同僚に声をかけた。二、三人が集まってきた。こんなことはこれまでになかった。私のシャントは「正常」で、腎移植をしても用心のためつぶしていなかった。だから三八年間きちんと役目を果たしつづけて来た。

PTA

彼女たちが盛んにPTAだわ、と叫ぶ。PTAで思い浮かぶのは、学校関係のそれだ。医療では何を指すのか。医師が呼ばれた。女性の医師たちが集まってきて、早口で一所懸命まくし立てている。苦手だ。そのうち、データという言葉を聞き取った。その日は先述の脳神経内科受診のため、「お薬手帖」と、それと必要かもしれないとなぜかふと思って、一二月初旬の検査データを一緒に持参していた。それが役に立った。

「データならここにあります」と起き上がって、ベッドの後ろの棚から鞄を引き寄せて医師にわたした。ざっとみて、この数値なら大丈夫、と一人が口走った。意味は判らない。そして医師たちは去った。こうした場合、医師の判断が何事をも決定し、優先される。そうでないと一歩も進まない。かつて即日透析で、直接動脈に穿刺したが、看護師に動脈穿刺は認められてない。医師の仕事だ。

今回も同じだ。PTAとは何か知らないが、それに相当する、検査データ上で、私は「合格」したのだ。

さて、次に入院が必要だと言われ、奥さまに連絡しますから、と言われた。電話番号は知らせてある。本院の六階の病棟に行きましょう。どんどん話が独り歩きしている。その日は月曜日で、金曜日から、土曜、日曜、と中二日あいているから、絶対透析を受けなくてはならない日。いったいどうなるのか？

病棟六階の六一〇号室。六人でなく、四人部屋に変わっている。見た目だけでも広いし、一人しか入院患者はいない。その人の向かい側で窓の傍が私のベッドとなった。

透析棟から引率してくれた看護師は先ほど穿刺に失敗した人で、しきりに詫びるので、私のほうが困惑し切っていた。それよりこれからどうなるのかを尋ねた。

「そうでした。今日は、左腕のシャントからは血液を取れないので、右の頸静脈に仮シャントを作る手術をこれからして、術後、透析室で［透析機を］回します」

「じゃ、首から、ということ？」

「はい。ごめんね。ちゃんと音を確認すべきだった」と、また謝る。

「……今から？」

「迎えに来るはずです。同意書も必要です」

「承知しました。手術中にカミさんが来たら、ここで待たせておいてください」

「わかりました。わたし、透析棟に戻らなくちゃ。透析室で待っています」

手術、いや手技？

それから二〇分後、一階から迎えが来て、帰りがたいへんだからという理由で、車椅子で手術室に降りた。手術台に壁側向き（右の首を上にして）寝かされた。執刀医は病院随一の美人医師なのだそうだ。お顔を拝見したかったが、なにせ私は医師に背中を向けているので無理だった。それでも会話は出来て、会社が「弊社」とへりくだって言うのに、病院は「当院」というのはなぜかという質問に、医療機関は同じサービス業でも、人間の生き死にかかわっているからでは、と語尾を濁らせた。謙譲語とは難しい。私は「小院」がよいと思っている。

手術は二〇分で終了。すぐに六一〇号室に車椅子で連れて行ってもらうと妻が待っていた。やはり車を飛ばして来たと言う。好物のパック入りの蕎麦を買って来てくれた。透析室に寄って来たとも言う。はじめてね、こういうこと、と驚いている。まさにそうだ、こっちもびっくりしている。今夜はこれからこの右の首のシャントから透析らしい。

「なら、透析室まで見送って、帰るね」

「わかった。気をつけて」

病院のある吹田市から拙宅のある箕面市まで、車で結構な時間がかかる。それに夜間はなにかと危険だ。

透析室の時計はもう七時半を指している。規則で一〇時半までしか機械を使えないそうだ。三時間の透析。いつもより二時間不足しているが、仕方がない。首を動かせないので天井をじっと見つめた三時間がやがて終了した。車椅子で病室に帰って、残しておいてくれた軽食と蕎麦を、ホールで食べる。夜勤の看護師との会話が弾んだ。

明日からの予定を訊く。

「午前中に、左腕のシャントエコー。午後に、シャントPTAを血管造影室でするでしょう。澤井さんは急患だから、予約の人の順番の中に、先生方がどう割り込ませるかね」

「予約のひとでいっぱい？」
「ええ。詰ってる。特にお年寄りがね」
「じゃ、早くても午後、もしかしたら、いちばん最後かも」
「ありⅰ得るわ。明日を待つだけね」

奇遇、一二月

翌日の午前中にシャントエコー。血栓（血の塊り）がいっぱい出来ているという。石灰化した箇所の除去は無理なので、血栓をかきだすだけだそうだ。

昼食抜きで待機する。

ＰＴＡとは、Percutaneous Transluminal Angioplasty（パァー〈ル〉キュゥテェィアス・トランスルミナル・アンジオプラスティ）の略語で、「経皮的な・経管〈腔〉的な・血管形成術」の意で、まとめると、「経皮的血管形成術（血管の中に風船のついた管〈バルーンカテーテル〉を入れ、血管の狭窄《きょうさく》や閉塞部を膨らませて血管を拡張する治療法）」の意味だ。

医師がくれた説明書によると、「シャントが完全に閉塞して流れなくなってしまったので、カテーテルによる血栓除去作業と呼ばれる治療と閉塞した原因となったシャント狭窄を拡張するシャントPTA治療を行ないます」とある。特殊なカテーテルや、バルーンと称される風船のついたカテーテルで血管を拡張しながら、除去を進めていくそうだ。もちろん局所麻酔。

一般的に一時間以内で終了するらしいが、私の場合、刻々と時間が流れてゆく。そしてふと、あることに思い当たった。アシスタントの人に、今日は一二月、ええっと、一〇日でしたっけ？　はい一〇日です。

「二七歳のこの日、一二月一〇日に、即日透析を受けたんです。奇しくも同じ日だとは！」

この「符合」の意味するところとは何か。率直単純にこうみなした——再び生き延びられた！　と。それ以外にない。そうだ、再透析にもどったときも一二月の初旬（四日）だった！

およそ二時間半の治療時間だった。男性医師と女性医師が手慣れた手技でお互い声を掛け合いながらてきぱきと治療を行なった。

一時間くらい経った頃、進捗状態を尋ねた。それから三〇分後、可能な限りお願いします、と。二時間を回った頃に、思う存分やってください、と腹をくくった。

治療中、三回くらい写真撮影があった。みなが隣室に移る。必ず笑い声が聞こえて来る。愉しそうだ。何がそんなに愉快なんだろう？

二時間半が経った時点で、終了ですとの宣告。血流がもどりました、と。ほっとする。心から医師に礼を述べた。その所見が次の日に病室に届いた――「そろそろこの（左腕の）シャントの寿命だと思います。反対側（右腕）に内シャント手術可能か、シャント外来と相談してください」と。治療に当たったのは放射線科の医師だと後で知った。主治医に打診すれば済むことだと理解した。その結果、シャントエコーを三ヶ月ごとに実施。つまっていたらすぐにPTAを受けることになる。

翌日は午前中に、左腕へ穿刺。血流が取れて透析が出来た。

午後、右の首の仮シャントの処置を受けて、止血が万全になるまで入院とのこと。もちろん外出禁止。首の傷から感染したら血管が心臓に直結しているので一大事となるためだ。木曜日の夜には完全に止血状態。金曜日の朝退院し、その足で大学にて講義（二時間目。年末で休めない）。

四日間の動きを書いてみた。あわただしかったが、何度目かの命拾いをした。

ルーティーンと集中力

脳神経内科医（N子医師）のおかげで、パーキンソンになりかけていたところを救われた私は、還暦を過ぎると体調もよくなり、透析が一種の「息抜き」となっている。書斎にこもって書き物や読書に勤しんでいるこの身にとって、月、水、金（現在、火、木、土）の週三回の、午後二時以降からの外出は格好の気分転換だ。なじみの蕎麦屋でお腹を充たして透析病院で一回五時間の治療を受ける。最近、血液検査データがめっきりよくなった。処方薬の継続的服用のおかげでもある。

午後四時からの透析開始で、九時まで。抜針してもらって、七分間の止血（たいていの人は一〇〜一五分）。止血の完了を確認し、体重を計って退出。更衣室で着替える。各自専用のロッカーがある。

毎回午後九時三六分の江坂発で終点の千里中央駅まで。妻が車で迎えに来てくれている。帰宅がちょうど一〇時。午後二時頃に家を出てからおよそ一〇時間経っている。それから、どっかと腰を下ろしテレビのニュース番組を観ながら、「ゴーフル」をひとりもくもくと噛砕き、次に「カップ麺（きつねうどん）」をするすると食べるが、揚げだけは熱いので最後にまわす。至福のひととき。透析ではフルマラソンと同等のエネルギーが消費されるので、この夜食を愉しみに帰宅する。もう眠たくなっているが、それをおして入浴してからしばし休んで就寝。透析を受けたという疲れで、朝までぐっすり。

一回の透析での往復時間や透析まえの、行きつけの蕎麦屋での腹ごしらえの時間も数えると、約一〇時間取られる。週三回だから、合計三〇時間、健常人より時間が足りない。だから新聞読みは妻に任せ、朝食後すぐに書斎にこもって著述や読書に励む。新聞記事で私が大切だと思う箇所を妻が拾い、あとで教えてくれる。

それでも、イタリアルネサンス関係著訳書や小説の単行本に、英語関連書、それに文芸評論集などを加えると、七〇数冊弱の書籍を刊行して来ている。

それは、もっぱら「集中力」のお陰だ。これしか私には武器がない。

また、透析治療は私の場合、一回五時間（現在四時間）あって、アーム状の小型テレビを、イヤーホンで観られるし、お目当ての番組が始まる八時まで充分睡眠が取れる。一定の温度に保たれた血液が体内を循環するのだから心地よくなって、いつの間にか眠ってしまっている。普段の睡眠不足を補う好機でもあって、得難い時間だ。

「日日是好日」というわけでは必ずしもないが、一回ごとの透析治療で身心ともに「再生」するのだから、文字通り「日日是好日」で、生きている実感、まさにこれにあり、といったところか。

つくづく思う、私は恵まれている、と。

グラフト(人工血管)造営手術

それから一〇ヶ月後の、二〇二〇年の一〇月のことだ。PTAを受けた血管から再度血流が途絶えた。今度は騒ぎにならず、医師が「左腕の血管はもう使用できないから、右手首に新しい血管(シャント)を作りましょう」、と諭すように言った。私は、「右手は利き手だからそれは困ります」と。すると医師は顎に手を当てて、「それでは、グラフト造設術といきますか」と断定的な口調で言った。もう決まったかのようだ。

グラフトとは「人工血管」のことで、それを左腕に植え込み、その血管に穿刺して透析をつづけていくのだそうだ。右手に「被害」がなさそうなので快諾した。今度は全身麻酔による手術である。煩雑になるから省略するが、人工透析者が全身麻酔による手術を受ける場合には一定の条件があって面倒くさい。幸い私はクリアしたが、どこのクリニックに行っても透析者は「厄介者扱い」される。もう慣れっこだが、透析病院でも同じ扱いなので困惑した。でも相手の言うことも尤もだからしたがうしかない。手術後、左腕は大根のように腫れて膨れ上がり、痺れが戦慄のように貫いてゆく。腕が腕としての実感を喪失してしまった。人工血管は植えられたばかりだから皮膚にまで「浮かんではこず」、じっと芯の部分で息をひそめている。これが皮膚に楕円状に浮き出てくるまで、右上胸の静脈を開いて仮のシャントを造り、そこから透析する（ダブル・ルーメン〔カテーテル〕）。入院しながらの処置である。腫れが引いて人工血管が楕円形に浮き出てくるまでほぼ三週間。それでもまだ直接穿刺は無理で、二〇二一年の一月からやっと穿刺が可能となった。

私はまた「延命させられた」と思ってN子医師に伝えた。すると医師がメールで「福命」をいただいた、と考えたら、と返信してきた。この文言に激しく私の胸はえぐられ、僥倖にあずかって光明が身裡に芽吹いた。「延命させられた」という投げやりな、あたかも生きることが負担であるような態度のわが身が恥ずかしかった。宗教的な深み、福音とさえ思えるほど、友人の言葉はありがたかった。

5　接遇――〈いのち〉のおもてなし

挨拶

「接遇」とは、二〇二一年の東京五輪で有名になった「おもてなし」の意味だ。

ホテルや旅客機、レストランやその他の客商売ならこの意味するところはすぐに理解できるが、いざ病院《ホスピタル》とか医院《クリニック》（診療所）となると話は変わってくる。大胆な表現を用いれば「生命」が関わってくるからだ。患者側は下衆な言い方だが、医療側に患者みずからの「命」を質に入れ、先方はそれを質草にしている、という関係が生まれる。そして厄介なことに、医療側には医師を頂点とし、その下に看護師、技師（士）、看護助手というピラミッド状の階層が成立しており、医師のなかでは病院長・部長、院長・副院長、看護師のなかでは看護師長・主任・副主任といった、名称は各医療機関で相違はあるだろうが、これに類する上下関係が成立しているのが現状である。ここまで書けば、誰しも明らかなように、トップにオカシナ人物が立つと、いや君臨されると、末端で働く者はえらい迷惑をこうむる。

朝、おはようございます、日中には、こんにちは、と声に出して挨拶をしても返答なく素通りして行く医師がいたとしたら、現場の雰囲気は悪化するだろう。挨拶は簡単にいえば、一種のエチケットで人間関係を円滑に進める特効薬だ。それなのに挨拶をしない医師がいたとしたら、それまでのその人物のこれまでの人生を疑ってしまう。以前、また成人した患者を「君づけ」で呼ぶ権威主義的な医者もいた。透析患者で治療を受けている私に向かって、「タメ口」を叩いた医師がいたので、大学の指導教官にも同じ口調で話すのか、と苦言を呈したら、翌週からバカ丁寧な物言いに一変した。この豹変ぶりにも驚いたが、こういう現実に立ち会うと、タメ口を悪いと熟知しているのに医師が故意にそうしていたのがみえてくる。この陰には、医者である自分は偉いのだ、という傲慢さが潜んでいる。もちろんこうした医師ばかりでなく、きちんとした医師もいるが往々にして、という意味である。

大手の予備校で四半世紀に亘って多くの生徒を、東大・京大からはじまって、金銭のかかる私学の医学部まで合格させてきたが、彼らは高い素点や偏差値では受験界では評価されているが、頭の中を透視すれば、極論して「閑古鳥が鳴いている」である。誰しも鷗外や茂吉や安部公房になれとは期待していないが、人間として社会人として、最低限の礼儀を身につけてほしいと願う。声掛け挨拶がその第一である。

名札

医療従事者が患者の名前を覚えるのは当然だが、透析患者や長期入院患者にとって、医師や特に看護師の名前を覚える（覚えたい）気持ちもあたりまえに生じてくる。名札（ネイムプレイト）を患者の目の届く位置につけてほしい。苗字だけでもよい。とにかく明治維新この方、「身分」でなく「個人」で接する昨今だから、「個」は大切であり、それには名札の提示が最適である。コロナ禍で看護衣（白衣）の上に予防衣を羽織っていて、見えない場合でも、予防衣につけ、その後アルコールで拭いて消毒すればよい。たったそれだけの「雑作」ですむことなのに、無名を通そうとしているふうに映る。以前入院していた折、準夜の交替で病室にやってきた小柄な看護師が、名札を手で持って患者にみえるよう差し出し、自己紹介したのを思い出す。新鮮で、気持ちよかった。このひとは信頼できると思ったものだ。

私は苗字だけでなく下の名前もセットになってはじめてその人物が人間として成立すると考えている。メールで、苗字だけで済ませてしまう輩がいるが、まずはじめてのひとなら、性別が不明で、それがわかったあとも、苗字だけで終えてしまうひとの考えがよくわからない。最近、献本された本の栞に「謹呈　苗字」だけで下の名前なし、というのがあって、その非礼・誠意のなさには呆れた。大学教授職を辞したひとである。在籍時代のこの学者？の言動の察しがつくというものだ。研究だけが人生ではないであろう。

ことほど左様に、名札は自己を知ってもらうためのコミュニケーションの大切なツールの一つである。この存在を軽んじてはいけない。

日本語

医療従事者の日本語能力の危うさといったらない。

さる病院にこのようなポスターが貼ってあって、先日受診したときにも取り除かれていなかった。

「あなたは身体の異常を感じますか」である。

この一文、なんとなくわかるが、明瞭ではない。結論を先にいえば、「あなたは身体『に』異常を感じますか」となる。異常は体のどこかの場所で生じるから、場所の

「に」を所有の「の」と入れ替えなくてはならない。「の」だと異常をもっていることが前提とされる文になってしまう。このポスターは業者が作成したものだから、責任は当院には関係ない、というのが病院側の主張だが、私の指摘に得心が要った時点で、「の」の上に張り紙でもして「に」に修正すべきであろう。

ある看護師がいみじくもいった。

「医療従事者の日本語は滅茶苦茶よ」と。本当である。

あと二例挙げよう。

チラシ程度のサイズの不定期の情報紙が配布される医療機関にいたとき、新任の病院長、看護師長、技師長の「ご挨拶」の短文が、顔写真とともにその号には掲載されていた。

先述したが、新規の病院長の言葉に、「……病院から『転属』してきた……です」とあり、「○○前病院長の後任として」が抜けていたし、「転属」にはあきれた。この言葉、医局どうしでは用いるが、病院間では使わず、また軍隊用語でもある。看護師長の文章は、「さま」と「様」が混在している始末。技師長の場合はもっとひどく、本人はそのつもりがなかったのだろうが、「ご迷惑をおかけするかもしれませんが」とあった。これは「到らぬところもあるかもしれませんが」くらいがよい。技師長には廊下でばったり出会ったので、「先生」と持ち上げて問いただした。年齢を聞いても、相手は無言だった。このチラシ、添削して上層部に送ったが、返答はない。

「僕的《ぼくてき》にクリアした」――これほど変てこな日本語は聞いたことがない。ある医師の発言である。私的《わたしてき》とか私史上《わたしし じょう》とかいうくずれた日本語がいまも残っているが、この医師の言葉を翻訳すると、「僕にとってみれば（としては）〔問題・病状・病因〕を解決した」――患者のことはさておいて――となろう。きわめて自己本位で、患者無視の発言（あるいは独りごと）である。自己満足の塊で、さっそく注意した。それが功を奏したかもういわないが、「ご本（当）人的には……」とまだ片鱗をのこしている。また回診時、「おかげん（調子）はいかがですか」というプロローグもなくいきなりデータを告げる。これでは患者とのクッションを保てない。その気がないようにみえる。この医師はさらに、「メッチャわるい」と、知識人だと思われる医師が用いるとは考えられない強調の副詞を使う。品位がない。医師が必ずしも知識人ではないことの証左である。このひとに知性を求めるのはもちろん無理だ。それに治療に当たり、医学的な知識はあっても医療の用語で説明できない、幼さを残している。噛み砕いて論理的にわかりやすく説明できない。インフォームド・コンセントなど望めない。もしこうした種類の医師がトップにいたら、患者も含めてこの医療現場は立ち行かなくなるだろう。「メッチャわるい」には声の大きさも聞き取れて、プライバシー（個人情報）の漏洩に等しい。特に、透析病棟は四〇床規模で、各ベッド間に衝立などないから、他の患者の病状がすぐにわかってしまう。たとえマスクをしていても声の大小も重要な論点である。この種の医師に先述の挨拶の欠如が加わると目も当てられない。看護師長以下のひとたちも、さぞかし生理的に辛く嫌悪感を覚えるだろう。

第I章の2にも書いたが、移植手術をしてくれた病院で一ヶ月おき受診の際、ステロイドの副作用で鬱状態の苦しさを訴えると、担当医を囲んで立っていた若手の医師の一人が、「ならば、植えた臓器を取り出してやろうか」と、信じがたいことをいった。周囲は白けた。加えてさる大規模な病院の内科部長の初診のとき、彼は私の病歴を聞きながらパソコンに打ち込み終えると、「不幸な人生ですな」と暴言を吐いた。内科の部長職とは、大学でいえば教授職に相当する。表現力・語彙力のなさを露呈している。「起伏のある人生」といった対応は無理なのか。双方とも発話以前の医療倫理の問題でもある。

それからもう一言。外科系の医師は、コミュニケーションが不得手だから外科医になったのか、あるいは、外科医だからコミュニケーションが苦手なのか？

私は大学受験予備校で四半世紀英語科の非常勤講師を務めてきたから、医学部志望性の「知的水準」は熟知している。むろんひとにもよるが、試験の素点ばかりがよくても、家の稼業の後継のためとか、いろいろなしがらみもあって医師を目指す生徒もいて、動機はさまざまである。天職と思える生徒にはなかなか出くわさない。

ちなみに「プライバシー」、「プライベイト」に適切な日本語はいまだにみつかっていない。だから、この英語が充てられているのだが、なんのことはない、襖《ふすま》や障子の文化空間のこの国に、もともと「プライバシー」に相当する概念など存在し得なかったからだ。

質と量

こういう発言をした院長がいた。

「A先生は○○○大学をでているから人格者だ」と。

発言者が学歴の面で劣等感の塊であることが即座にわかる。A先生の出身大学の医学部は自分の卒業した大学の医学部（あるいは単科の医大）よりはるかに世間的評価が高いのだ。医者特有の嫉妬である。それにしても出身大学で人格の有無を云々するのには驚きを隠せない。日本語としても、「文意」が、普通のひとなら変だと思うだろう。このひとには、もう一つ呆れた一面があった。そのクリニックは看護師長でもっていて、医師ではなかった。患者も看護師たちも周知の事実である。それをこの院長は彼女を看護師長に格上げしてから一年も経っていないから、私の所見は認められないと言ってのけた。わかるだろうか。院長は師長の実力・統率力という「質（実力・有能）」を凝視できず、一年にも満たないという「量（期間）」の方ばかりに視線が向くのだ。

このひとにとって、「生活（生命）の『質』」よりも「生活（生命）の『量』」の方が大切なのに違いない。具体的にいえば、「データ date（これは datum の複数形である）」偏重で、回診時では盛んに、血液検査の数値のみ口にする医師を指す。血液に関する知識など、患者みなが持ち合わせているわけではない。ここでこそ医師は知識でなく「知見」を発揮すべきである。

知見とは、データならデータの諸々の情報を分析し止揚した結果の、その医師の見解であって、それは質の言葉で患者に示されるべきものだ。決して個々の量（数値）であってはならない。医師と患者は対等だが、知見の点では異なる。この知見さえない医師が存在するからほんとうに驚いてしまう。

「医師は治療し、神が治癒し給う」という、近代外科学の祖、アンブロワーズ・パレの金言を想起してほしい。「質の医療」とは「治癒」を指す。

予備校講師は大学教員や高校教諭と比較にならぬほどの実力世界であるので、教壇に立った時点で、この統合された知見を披露して、授業を展開してゆく必要がある。生徒を惹きつけなくては話にならない。医師も同じく患者の心根を惹きつけるのが肝要だ。

声掛け、接遇研修機関の設立

透析を一七年間受けていた病院で、あるときひどい回診をする医師の音源をとろうと小型の録音機を持参したことがあった。彼は「調子はいいです『ね』」といって、「……『か』」とは尋ねない。その医師は二度と私のベッドのある階にはやって来なかった。その階の師長があるとき接遇のアンケートを実施した。この方は才媛で仕事に手抜かりはなかった。接遇の結果はよかったようだ。私は一人一人の看護師の評価を、大相撲の番付けよろしく書いてわたした。師長の評価とほぼ一致したという。

透析で穿刺をしてもらったあと、「頑張ってください」は禁句である（「頑張りすぎないでください」は認められる）。これが通じない医院で透析を受けたことがある。患者の気持ちを推し量っていない。頑張ることを心に決め、それを前提に四時間の透析に臨むつもりなのに……。阪神淡路の大震災、東北の大震災で、「頑張ってください」が逆に被災した方々の心を傷つけたのは、それほど昔のことではない。透析者は一定の時間ベッドの上で動けない身となる。すでに頑張る覚悟はできているのだ。それ以上、もう要らない。

かけてくれるのなら「よろしくお願いします」くらいか。透析穿刺挨拶用語だ。終了して抜針後は「ご苦労さまでした」はまずく、「お疲れさまでした」がよい。「お座りください」はよくなく「お掛けください」の方がよい。これは、パソコンで「接遇看護師」を検索すると、言葉遣いの良し悪しや、看護師としての発話規準、化粧の仕方、髪型とかいろいろと出てくる。ところが「接遇 医師」と検索しても「接遇医療」としか出てこない。医師の接遇はどうでもいいのか。

一定の研修機関を期間限定で設けるべきではないだろうか。

「先生それぞれ違うから」、とスタッフたちが言い始めたら、その対象となっている医師はもう失格である。気さくでだれかれとなくその話に耳を傾け、会話の輪にはいっていける人間味あふれる医師がよい。理想にすぎないだろうか。

ニコリともせず無口で何を考えているかもわからず、回診時に看護師を伴わない医師が仮にいたとしたら、いくらエントランスの壁に各種の「賞状」を並べても、見かけ倒しとなるから、すぐに撤去すべきである。

医療とはいのちを介した「究極のサービス業である」ことを認識し、医者志望なら自分の向き不向きを考えて進学し、何科が適切か見究めてほしい。

それからいまだに「お医者さま」という考えを抱いている人が多いが、今は、患者が医師をえらぶ時代になっている点を銘記してほしい。勤務医でなく、開業してみれば、早晩、自分の医師としての、さまざまな要素に鑑みた実力が判明するであろう。

学歴がいくらあっても教養人に至らない。知識の多さが知性とは結びつかない。教養や知識をひけらかすと衒学《げんがく》（者）に陥ってしまう。平衡感覚が必要だ。

おわりに

現在六九歳の私は、移植腎での一〇年間の生活を除くと、およそ三〇年間、透析生活を送っている。いまは正午から透析（火・木・土、一回四時間）だが、帰宅して夕食をすますと、眠気が襲って来て、透析中にも充分眠っているのに、ソファーで眠ってしまう。

もう体力的に限界な気がする。透析後は、何もしたくない、いや、できない。というのも、もう体力の限界なのだ。テレビ鑑賞だけがよりどころとなる。当初、帰宅後、夜の九時ころまで仕事が出来るだろうとタカをくくっていたが、想定外の窮状に陥っている。

それでもうからだに逆らわないことにした。軽めの夕食後、入浴して白ワインを嘗めるくらいの量を嗜み、寝ることにしている。翌朝、五時頃に目覚めるが、六時まで蒲団のなかでごろごろしてから起床する。朝食前のひと仕事をしているうちに、冬場ならしらじらと夜が明けて来る。退職後の身だから、こうした生活が今後ともつづくのだろう。

週四日の仕事（三日・執筆、一日・読書）、三日の休み（透析）——これでよい。三日の休みなど贅沢な暮らしだ。「はじめに」でも書いたように、こういう自分を受容し認識することが肝要なのだ。

さらにつけ加えるとしたら、「患者 patient」の語源は「受苦・受難 passion」であることを知ってほしい。「passion」は「情熱」が第一義的意味ではない。「受動的 passive」も派生語である。つまり、「苦しみ」を受けるには「受容するだけの『力』」が必須で、それを「受苦」と言い、そうした人を「受苦する者＝患者」と称する。その「患者」なる人物のなかで治癒力が高まって外に発散される力が「情熱」である。ここに「力」の「円環」性が垣間見られよう。

最後に本書で、透析・移植関係の本は、四冊目である。それぞれアプローチが異なる。いずれにも愛着がある。これから何年生きられるか判らないが、一日一日にわが生を刻んでゆきたい。

二〇二三年　春分

北摂にて　　澤井繁男

著　者：澤 井 繁 男（さわい しげお）

略歴

1954年札幌市生まれ。27歳のときに人工透析の生活に入り、34～44歳は移植腎で過ごすが、再透析に戻る。その後、腹膜透析も失敗、再々透析に。現在、継続中。最終学歴は京都大学文学研究科博士課程満期退学。東京外国語大学論文博士（学術）。作家、イタリアルネサンス文学・文化研究家。『澤井繁男小説・評論集』（平凡社、2022年）、カンパネッラ（訳）『事物の感覚と魔術について』（国書刊行会、2022年）、『魔術師列伝』（平凡社、2023年）、『ルネサンス文化講義』（山川出版社、2023年）、その他著訳書多数。元関西大学文学部教授。放送大学（大阪）非常勤講師。

心体のひびき

～外から見えない障がいを受容し生きる～

2023年　6月21日　第1刷発行

著　　者　澤井　繁男
装　　幀　宗利　淳一
発 行 人　川満　昭広
発　　行　株式会社インパクト出版会
東京都文京区本郷 2-5-11　服部ビル 2F
Tel03-3818-7576　Fax03-3818-8676
impact@jca.apc.org　http://impact-shuppankai.com/
郵便振替　00110-9-83148

印刷・製本　藤田印刷株式会社